洛東 장곡리 선영에 계시는 아버님에게
新安보육원 신용리 바닷가에 계시는 어머님에게
'龜島를 아는가'를 바칩니다

아내, 천사로부터

목포 북항(뒷계)에서 보이는 구례도(구도(龜島), 용출도(龍出島)), 오도(모개섬)

목포산정
농공단지
천주교
청계묘원
연산주공3단지
아파트
현대아파트
연산동
행정복지센터
목포연산
초등학교
신안아파트
신안비치팔레스
1차아파트
전남중앙병원
연산동
노을공원
신안비치
1차아파트
라인아파트
산정동
신안비치3차
아파트
한성타워맨션
목포산정대광
로제비앙아파트
목포항
중앙하이츠
아파트
청해아파트
목포시보건소
목포서부
초등학교
종원아파트
오션
스테이호텔
목포홍일
고등학교
서울병원
목포대성LH
천년나무아파트
죽교파출소
대성동
목포해상
케이블카
죽교동
행정복지센터
목포대성
초등학교
대성동
행정복지센터
목포양동
우체국
목포혜인
여자고등학교
어민동산
목포북교
초등학교
목포정명여자
고등학교
목포중앙
초등학교
유달산
조각공원
중앙식료시장
목포세무서
목원동
목원동
행정복지센터
달성공원
목포해양
대학교
목포시사
유달산
(229.6m)
달성사
옥단이길
목포치안
다니는거리
노적봉
(64.9m)
목포해상
케이블카
유달해수욕장
Kakao

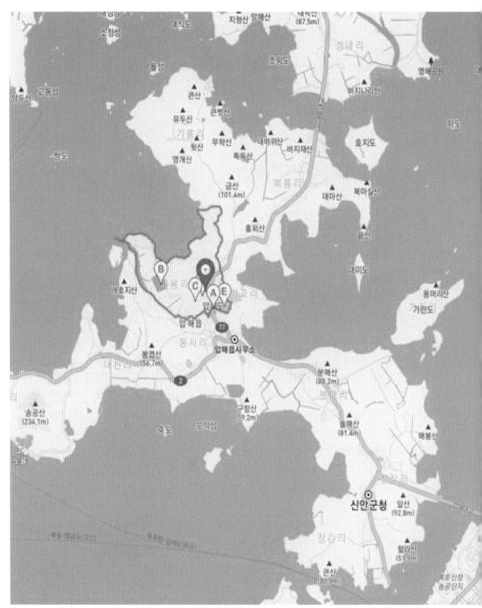

최금녀의 묘지 : 신안군 신안읍 신용리 바닷가(B지점)

구도(龜島:구례도), 용출도(龍出島), 오도(모개섬)

구도龜島를 아는가

제2부
洛東으로 가는 길

구도龜島를 아는가

제2부
洛東으로 가는 길

정현 지음

개미

 항일가족의 어머니, 친일의 아
버지와 백부. 속죄의 대가로 받은
5천 석은 초등학교 3년 유·소년
기, 청·장년기에 이르기까지 생
을 관통한 화두였다. 그리하여 천
형(天刑)의 소설가로 등단, 30년
동안 사무쳤던 『구도를 아는가』
1·2를 세상에 내놓았다. 이는
아내가 있어 가능했다.

2022년 4월
정현

.

가족들조차 아무도 거들떠보지 않은 엄마의 일기장들, 고통에
저린 엄마의 한 묶음 일기장을 금빛 보자기에 쌌다.

"한평생 사는 것이 참으로 괴로웠다. 나는 이렇게 말하고자 한
다. 세상에 태어나지를 마라! 지금 나는 이 글을 쓰려고 하는데,
생각나는 대로 한마디씩 쓴다. 내가 목포에서 삼십 리 떨어진 무
안군 중등포에 과수원을 사가지고 고아 삼십 명과 함께 구례섬
에서 부랑아들의 보금자리를 잡고 성심껏 살려고 목적하였
다……"

썰물 따라 드러나는 갯벌은 이울어가는 노을을 머금고 바다
멀리 그림자를 드리우고 있다.

"엄마, 북교동 안마당 물탱크 앞에 쭈그리고 있었던 부랑아들
과 유달산 오포대의 사이렌 소리에 나는 엄마를 빼앗겨 낙원을

잃었지만, 엄마의 몸뻬바지와 흰 고무신을 따라다녔던 뒷개와 구례섬, 그리고 용출도의 고난의 사연들은 나와 함께 엄마 따라 신안으로 왔지 않아요."

나는 갯벌만(灣)에 비낀 노을을 바라보며 신안보육원을 떠났다.

구례섬은 돈으로 환산할 수 있는 땅이 아니었다. 개신교도였던 어머니에게 구례섬이란 그들의 예루살렘을 포기할 수 없는 성지와도 같았다. 어떤 희생의 대가를 치루더라도 부모님은 그 구례섬(龜島)을 포기할 수 없었던 속죄의 섬이었다. 아버지에게 있어서 구례섬 산정의 붉은 벽돌집은 박애정신을 실현하는 고아사업의 정신적인 근거지였고, 어머니에게는 해방 후 죽음으로 구도재생원을 지키면서 면면히 고통으로 점철된 섬이었다.

구도(龜島)를 아는가 ❷
제2부
洛東으로 가는 길

차례

이제
어디로
가시렵니까

　　　　　　　　　구도재생원(구도, 龜島)은 백부
　　　　　　　가 항일투쟁에 아버지와 오빠를
　　　　　　빼앗긴 엄마에게 돌이킬 수 없는
고통을 준 속죄와 존경심의 증표였다. 백부는 한마디 말도 없이
아버지를 일제강점기 경부보로 특채시켰기 때문이었다. 그 이유
야 어쨌든 짧은 생애 동안 모았던 전 재산의 절반을 제수씨에 대
한 속죄의 증표로 5천 석을 임종 때 아버지에게 주셨고 엄마와
함께 고아사업에 쾌척한 위대한 유산의 섬, 속죄의 섬이었다.

　아버지는 엄마에게 속죄의 섬 구도에서 영원히 떠나지 않을
것을 약속했었다.

　애통하게도 둘째 형은 부모가 창설한 사단법인 구도재생원의

구도를 감쪽같이 네 명의 이름으로 소유권을 이전, 분할 등기하여 매도했다. 구도를 둘째 형에게 빼앗기고 심장병으로 와병중인 엄마가 먼저 세상을 등지셨다. 뒤이어 극도의 심적 충격에 이은 심장질환으로 아버지도 세상을 등지셨다.

일생 동안 몸뻬바지에 흰 고무신을 신고 부랑아들과 함께 살아온 엄마는 1991년 11월 6일 서울 서초동 아파트에서 통한 끝에 눈을 감으셨지만 둘째 형은 가족들의 상의 없이 신안보육원 바닷가에 매장했다.

구도재생원을 부모님에게서 원장으로 위임받은 둘째 형이 설립자인 부모 몰래 처분하지 않았다면 아버지 또한 엄마 잃은 미아처럼 양자로 정한 이 상사에 이끌리어 38선 부근 문산의 공원묘지에 묻힐 것을 작정하고 가묘를 정하여 이 상사에게 의탁하려고 하지 않았을 것이다.

두 형이 부모님의 재산을 경쟁하듯 매각하고 있을 무렵이었다. 나는 아버지만은 상주군 낙동면 장곡리(長谷里) 선영 아래 집을 지어 모시겠다고 굳어버린 엄마의 한쪽 손에 나의 명함을 쥐어드리면서 약속했었다.

엄마는 결혼기념으로 시아주버니에게서 주신 경성 돈암정 집을 비워둔 채 산골 화순을 자원해 떠난 후, '형님 위독'이라는 급전을 받고 10년 만에 막내인 나를 데리고 종로 가회동 전차 정류소에 내렸다.

그때 내가 세상에서 처음 겪었던 충격적인 일은 네 살배기 뇌의 해마(海馬)에 각인된 첫 기록이었고 생애를 관통해 영화 속 한 장면처럼 지워지지 않고 있다.

나는 엄마의 손을 잡고 걷다가 한쪽 손에 쥐고 있었던 팽이를 놓쳤다. 전찻길에서 그것을 주우려는 순간이었다. 엄마는 내 손을 낚아챘다. 간발의 차였다. 굉음을 토하며 전차 바퀴가 지나갔다. 그날 이후 나는 엄마의 손을 초등학교 3학년이 되던 봄날의 그날까지 놓으려 하지 않았다.

엄마와 나는 백부님의 위독하시다는 가회동 사랑채 백부님한테 갔다. 거기에는 이미 아버지가 와계셨고 세 사람만 남았다. 백부님은 아버지에게 누런 봉투 하나를 주셨다. 아버지는 그것을 엄마에게 건넸다. 그리고 초등학교 3년의 봄날 북교동으로 이사 가던 날이었다. 북교동 집 중문을 들어선 엄마는 나에게 가회동 집에서 아버지가 받았던 누런 봉투는 5천 석 전답문서였음을 비로소 말했다.

엄마는 목포역 광장과 거리에서 부랑아들의 손을 잡고 북교동 집 안마당으로 데려와 때를 밀고 목욕을 시켰다. 유달산 오포대의 사이렌 소리에 이어 이들에게 먹을 것과 새 옷을 입히곤 구례섬, 용출도로 이들의 손을 잡고 집을 나섰다. 그때부터 나는 내 낙원이었던 엄마를 그들에게 빼앗겼다.

그 많은 유산을 받았던 부모님은 백부님이 계신 선영으로 가는 것을 왜 싫어했을까. 나는 엄마의 일기에서, 그리고 우리 가문과 인연이 깊은 경북 상주군 낙동리 이장님을 지내셨던 김실경 아저씨에게서 그 실마리를 찾았다. 할아버지가 정해준 민며느리 때문이었다. 그분의 묘지는 낙동면 옥관리에 모셔져 있었다.

아버지는 백부에게서 받은 5천 석으로 목포의 뒷개라는 북항 쪽에 섬 셋을 샀다. 그러나 36년의 세월 뒤에 둘째 형은 부모님의 영원한 속죄의 섬인 구도(구례섬:龜島)를 부모 형제 몰래 매각하였다. 이어 둘째 형은 엄마가 구도재생원의 분원으로 매입했던 죽교동 92번지의 대지마저 매각하여 그 일부 대금으로 신안군 압해면 동서리에 아동복리회 신안보육원을 설립했다. 둘째 형은 왜 구도재생원의 구도를 부모 형제 몰래 제삼자에게 분할등기에 소유권 이전하여 없애버렸을까. 그 섬의 막대한 매도액은 어디에 감추었을까. 둘째 형은 존폐 위기의 백척간두 낭떠러지에서 구도재생원을 두 번이나 구해낸 두 영혼을 약탈하여 왜괴뢰(傀儡)의 이름으로 신안보육원을 설립하였을까. 그러나 신안보육원은 설립자인 부모님의 DNA와는 전혀 다른 별종의 보육원이었다.

와병 중이셨던 엄마가 마지막으로 나에게 보내셨던 편지에서 구도재생원은 신안보육원으로 바뀌었지만, 그 원류는 엄마가 시아주버니에게서 받았던 5천 석의 상징으로 매입한 구도재생원의 구례섬이었으므로 갈 곳을 잃은 엄마는 1991년 11월 6일 신안군 동서리 바닷가에 모셔졌음을 알았다.

그러나 구도(龜島)를 잃어버린 아버지는 실의에 빠져있다. 이제 아버지는 어디로 가시렵니까?

심장질환으로
콜롬방병원
입원

1992년 4월 중순, 오전 진료를 시작하려는데 뜻밖에 큰형의 전화를 받았다.

— 아버지가 새벽에 콜롬방병원에 입원하셨다.

— 갑자기 어째서요?

— 아직 불안상태다. 아버지를 이곳 병원으로 모시고 오신 남교동 집 최 선생님을 바꾸겠다.

— 저는 1층에 세 들어 사는 최입니다. 길가 쪽에서 고함 소리가 들려 밖으로 나갔는데 영감님이 지팡이로 택시를 가로 막고 있어요. 숨이 몹시 차서 말을 못하시는 거예요. 제가 콜롬방병원 응급실로 모시고 왔습니다.

— 감사합니다. 형님 좀 바꿔주세요.

— 형님, 죽교동으로 연락 안 했습니까?

— 글쎄 새벽에 일어난 일이라 아마 최 선생님이 아실게다.

큰형은 다시 최 선생을 바꾸었다.

— 죽교동 집에서 며칠째 음식을 내려보내지 않아 영감님은 저녁에는 가게에서 카스텔라와 우유를 사서 드셨답니다. 새벽이 었는데 정신이 희미해지고 가슴이 답답해 죽교동 집으로 전화했 더니 며느님이 전화를 받았데요. 숨을 쉬지 못하겠으니 빨리 오 느라! 하니 전화를 끊어버렸데요. 영감님 홀로 집 밖에서 택시 를 잡고 계시는 것을 제가 발견했습니다.

— 큰일 날 뻔했습니다. 아버님은 저혈당과 허혈성 심장질환 을 앓고 계셨습니다. 감사합니다. 형님 좀 바꿔주세요.

— 형님, 형수가 전화를 받지 않았데요. 큰일 날 뻔했습니다. 오늘 목포로 출발하겠습니다.

나는 B대학병원 산부인과 의국 후배에게 이틀 동안 부전동 병 원으로 파견 의사를 부탁하고 목포로 떠날 차비를 했다. 광주고 속 편으로 송정리를 거쳐 목포 콜롬방병원에 도착했다. 서울에 사는 두 누님들이 와 계셨다. 담당의사는 심장성 천식에 당뇨가 겹쳤다고 한다. 그러나 요즘 진단으로는 폐색성 폐 질환에 허혈 성심장질환과 당뇨병을 겸한 질환이었다. 가족회의 결과 서울 서초동 성모병원에 입원 후 병 경과를 보아 아버지가 원하는 공 기 좋은 문산에서 요양하기로 합의를 보았다.

요양차
문산으로
가다

1992년 4월 말쯤이었다. 오전 10시경 서울 강남성모병원 지인 K교수에게 입원실을 부탁하고 콜롬방병원에서 퇴원 준비를 서둘렀다. 마이크로버스를 대절했다. 아버지의 산소포화도가 떨어지므로 산소탱크를 실었다. 차의 앞좌석에서 뒷좌석까지 좌석을 세로로 눕혀 침대를 마련하고 아버지를 눕힌 후 산소마스크를 씌웠다. 첫째와 둘째 누님, 나를 포함해서 세 사람이 동승했다. 목포를 벗어난 지 2시간이 지났을 것이다. 오른쪽으로 굽이도는 산복도로에서 아버지는 호흡곤란을 일으켰다. 차를 멈추고 산소흡입을 5L/min로 올렸다. 열린 차창 바깥 산기슭에서 산등성이를 따라 연분홍, 빨간, 흰 철쭉꽃잎들이 봄 햇살 아래 지천으로 피어났다.

구례섬에서 폐결핵으로 요양하셨던 큰매부를 잃고 세 남매와 어렵게 친정살이를 하고 있던 큰누님 가족들은 마지막 삶의 터전이었던 죽교동 92번지 두 칸 방에서 쫓겨났다. 둘째 형은 구례섬의 구도재생원을 죽교동 92번지로 이전했다는 이유였다. 가톨릭 신자인 둘째 매부는 목포 해안통에서 형제간에 선구류상회를 운영했었는데, 둘째 누님과 결혼 후 일정한 직업이 없어 용출도에서 아버지가 하는 목장 일을 돕고 있었다. 셋째 매부는 큰형수의 동향 사람으로 사업을 하고 있다. 셋째 누님을 빼놓고 두 누님은 친정의 도움을 받고 있다.

아버지를 모신 마이크로버스는 오전 열 시 콜롬방병원을 출발, 밤 10시쯤 강남성모병원 응급실에 도착했다. 어린이 감기환자들을 빼놓고 고령 환자는 아버지뿐이다. 앳된 인턴은 유치 카테터(留置 導尿管) 삽입이 안 되어 애를 먹는다. 카테터의 끝이 방광으로 들어가기까지 세 곳의 해부학적인 저항부위를 손끝에서 감지 못하면 가끔 낭패당한다. 첫 번째로 도요관의 팁은 요도의 외괄약근을 통과해야 한다. 그러나 이곳은 척추신경 흉추 제11번과 요추 제2번에서 나오는 교감신경, 좌골 제2 및 4에서 나오는 부교감신경의 지배를 받고 있으므로 환자의 긴장, 의사의 무리한 삽입은 외괄약근을 수축시켜 삽입을 방해한다. 두 번째 저항부위는 도요관의 팁이 전립선 부위를 통과할 때 비대가 있는 경우 삽입은 실패할 뿐만 아니라 요도내피에 상처를 주어 혈뇨를 일으킬 수 있다. 마지막 저항부위는 요도와 방광이 만나는 요도 내 괄약근 부위다. 여기서도 저항을 일으키면 도요삽관은 실패하게 된다. 나는 인턴을 도와 아버지의 도요삽관에 성공했다.

용변을 보고 싶다는 아버지를 휠체어에 태워 화장실로 갔다. 아버지는 화장실에 앉자마자 어렵게 삽입한 도요관을 뽑아버린다. 팬티는 똥오줌의 세례를 받았다.

나는 응급실 트렁크에서 팬티를 꺼내와 갈아입혔다. 콜롬방병원을 출발하기 전 이곳 병원 8층에 예약된 병실로 입원했다. 콜롬방병원 주치의사의 진단명은 폐색성 폐 질환과 기관지 천식이었다. 이곳 병원의 주치의사 처방 또한 같았다. 아미노필린 수액 요법과 암브록솔 바리움 신경치료는 계속되었다.

4년 전이었다. 둘째 형은 아버지를 모시고 부산으로 오셨다. B대병원에서 종합검사를 받은 아버지의 병명은 당뇨와 백내장이었다. 아버지의 유도 제자는 백내장 수술을 하면 사망할 수 있다는 말을 듣고 수술을 취소했었다. 그때 비로소 가족들이 알지 못했던 '심장비대' 소견이 발견됐다. 아버지에게 있어 후에 '심근병증'에 의한 사망의 원인이 되었던 것이다.

백부님을 낙동면 장곡리 선영에 모신 후 우리 가족은 전라도 화순에서 순천으로 이사 왔었다. 순천농고에 다녔던 큰형을 따라 순천 안력산병원으로 갔었다. 그곳은 아버지의 폐 질환 치료를 위해 엄마가 자주 들렀던 병원이었다. 아마 그때부터 아버지는 폐결핵에 심장병을 앓고 있었던 것 같았다.

아버지는 가톨릭성모병원에 입원 후 산소마스크를 하지 않아도 산소포화도는 정상법위였고 호흡곤란을 일으키지 않았다. 아버지는 목포 남교동에서 매일하던 아령운동을 하시겠단다. 나는 강남 운동기구상에서 3kg 아령 두 개를 사가지고 왔다. 이때 웬 건장한 40대 사내가 들어섰다.

— 형님, 안녕하십니까.

깍듯이 인사 후 그는 침대에 정좌하고 계신 아버지를 향한다.

— 아버님, 문안 올리겠습니다.

그는 무릎을 꿇고 이마를 병실 바닥에 대곤 한참 후 일어났다. 나는 일본 신하가 군주에게 충성을 맹서하는 영화 속 한 장면을 떠올렸다.

— 이군은 나를 이렇게 왕처럼 모신다. 나를 문산으로 데려가다오.

— 퇴원 후 문산 집으로 모시겠습니다.

— 아버지, 안정해야 합니다.

나는 뜬금없이 나타난 그를 향해 말했다.

이때 출입문에 서 있던 아내는 묵례를 하고 나가는 그 사내에게 말했다.

— 이 상사, 얘기 좀 합시다.

나는 처음으로 그 사내가 이 상사임을 알았다. 뒤에 안 사실이지만 아버지는 엄마의 생존 시에 이미 그를 양자로 삼았다고 한다.

세 사람은 복도 긴 의자에 앉았다.

— 누가 보아도 그런 인사는 자연스럽지 못합니다. 극도의 아첨에 지나지 않습니다. 어머니 계실 때부터 서초동에 출입하시어 잘 아실 줄 압니다. 두 시숙께서 아버님의 불신을 받아 우리 집안의 질서가 무너지고 있다는 것을 아시는 처지에 이 상사의 그런 행동은 우리 집안에 해를 끼친다고 생각합니다. 앞으로 정상적인 인사로 아버님을 대하여 주시기 바랍니다.

— 아주머니, 무슨 뜻인지 잘 알겠습니다. 처음부터 아버님에게 그렇게 인사를 하니 즐거워하시기에 습관이 되었습니다. 앞으로 주의하겠습니다.

그렇지만 나는 이 상사에 대해서 뭔가 죄를 지은 것 같았다. 만일 큰형과 둘째 형 중 한 분이 이 상사의 절반만이라도 아버지의 의중을 헤아렸다면 버젓한 죽교동과 남교동의 거주지를 두고 서울로 모시고 오는 일은 일어나지 않았을 것이라고 생각했다.

의사는
병만
알아

통도사 극락암 경봉 스님의 서체는 불교 신자 사이에 받고 싶은 서화로 회자되었다. 입적하시기 몇 해 전 음력 정초였다. 아버지와 함께 아내를 따라 스님의 덕담을 들으려 극락암으로 찾아 갔었다. 별실에서 기다리는 동안 나는 박달나무에 탁각하여 리스를 칠한 반야바라밀다심경(般若婆羅蜜多心經)에 눈길을 주었다. 어느 안과의사가 쓴 것으로 서체는 선승들이 득도를 위해 정진하는 선필체(禪筆體)였다. 상좌 스님의 안내로 우리는 스님에게 삼배 후 대좌했다.

— 스님 뒤의 두 쪽 가리개 병풍의 글씨는 제 아버님의 글씨입니다.

아내가 말했다.

스님은 대좌한 아버지의 손바닥을 살피고 어루만졌다.

— 글씨는 특출하여 훌륭한데 아직 멀었다.

— 스님 저 뒤에 있는 가리개의 글씨는 어디서 들어왔습니까.

아내가 물었다.

— 경상남도 도지사에게서 선물받은 걸세. 참으로 특이한 필체이지. 늘 안 보나 내가……

스님은 아버지를 바라보았다.

— 거사님을 만나고 싶었는데 반갑습니다. 물욕을 없애고 혼을 불어넣으면 후세에 그 영필(靈筆)을 알아주는 인물이 나올 겁니다. 사람들은 눈에 보기 좋은 것만 볼 줄 알지 그 뒤에 숨은 영혼의 그림자는 보지를 못하구만……

스님은 나를 바라보았다.

— 처사는 두 눈썹 아래 눈, 그 사이에 코, 그리고 가로질러 입이 있는데 그 형상이 마치 바를 정(正)자처럼 보이네. 평생을 그렇게 살면 되네. 의사는 병만 알아. 마음부터 다스려야 하네.

그리곤 스님 특유의 적요에 드셨다. 스님은 몇 해 후 입적하셨다. 그러나 스님을 추앙하여 섬기던 사문과 신도들의 기대와는 달리 입적 후 다비(茶毘)에서 한 과(果)의 사리(舍利)도 나오지 않았다. 다른 스님들의 다비 후 남겼던 것보다 더 많은 사리를 기대했던 중생들의 물욕을 탓하듯 경봉 스님은 한 과의 사리도 남기지 않았다.

입원 후 눈에 띌 만큼 차도를 보였던 아버지는 평소의 일과대로 아령에 도수체조를 하셨다. 산소마스크 착용은 옛날 일이 되었다. 아버지는 나를 보면서 이렇게 말씀하신다.

— 의사가 내 몸을 어떻게 알아. 의사는 병만 알지 사람의 마음은 몰라.

언젠가 아내와 함께 통도사 극락암에서 경봉 스님이 나에게 말했던 그 덕담을 말하는 것이었다.

아버지는 아령을 두 손에 들고 하나 둘 하나 둘 하면서 오른팔 왼팔을 교대로 오므렸다 폈다 하시고 가슴을 향해 같은 행동을 되풀이하신다. 두 무릎을 구부리다가 두 팔을 좌우로 편다. 그러나 의사인 나는 아버지의 운동은 심장에 해롭다는 사실을 알고 다가서려는데 노크 소리가 났다. 수녀 한 분이 들어왔다.

— 할아버지, 안정하세요. 이웃 병실에서 항의가 들어왔어요. 의사의 지시를 어기면 병 경과가 나빠집니다.

으레 천주교 병원의 담당 병실에 있기 마련인 수녀는 아버지의 행동을 이해할 수 없다는 표정을 지었다. 수녀는 아버지가 한 노인 환자라는 사실밖에 몰랐다. 아마 차트에 적힌 진단명에 의하면 90세의 심장병 환자의 행동은 이해할 수가 없었을 것이다. 수녀가 나간 후였다.

— 의사가 뭘 알아. 병만 알지.

아버지의 구령은 그쳤지만 소리 없이 아령운동을 계속했다.

아버지는 자기 운명을 결정짓는 일은 신만이 할 수 있다는 것을 확신했다. 병마는 한때 자기 육신을 괴롭혔다고 믿었다. 병원에서 주는 하루 세끼로는 아버지에게 포만감을 주지 못했다. 콜롬방병원에서 있었던 응급 사실은 타인의 일처럼 생각했다. 드디어 아버지는 나에게 명령을 내린다.

— 막내야, 나를 공기도 나쁜 병실에 가두어두고 운동도 할 수 없으니 병이 재발되고 악화된다. 퇴원하자.

구미수녀원에 있는 안나 수녀가 아버지 문병을 왔다. 나와는 유일한 고종사촌 간이다.

— 담당의사는 적어도 보름은 더 입원 생활을 하셔야 한다고 말했습니다. 그러나 아버님이 원하시면 아범하고 문산에 다녀온 후 아버님 뜻대로 퇴원수속을 밟겠습니다.

아내가 말했다.

— 어서 다녀오느라. 맑은 공기를 마시면 빨리 회복할 것이야.

나는 아내와 함께 이 상사 승용차편으로 병원을 나섰다. 이 상사는 지름길을 택했다. 차는 청와대를 끼고 파주군 문산읍을 향해 달렸다. 한 시간 뒤였다. 깔끔하게 포장된 2차선 아스팔트는 시원한 평야를 왼쪽에 끼고 플라타너스 가로수 행렬이 이어졌다.

— 형님 저 왼쪽 휴게소에서 잠시 쉬었다 가십시다. 이 길이 바로 통일로입니다. 아버님의 친필로 쓴 '평화통일기념비'가 세워져 있습니다.

우리는 평화통일기념비 앞에서 내렸다. 언젠가 아버지의 사진첩에서 보았던 기름한 화강암 원석이 세워져 있다. 원석에는 세로로 힘차게 아로새겨진 '평화통일기념비'의 하대 쪽에 건립위원 명단을 새긴 동판 끝자락에 대표자 이 상사의 이름이 보였다. 통일로는 경기도 파주시 조리읍에서 개성을 가르는 강 하구의 내포에 이르는 도로이다. 이북에서 마음만 먹으면 언제든지 손을 뻗칠 수 있는 곳으로 단숨에 서울로 들어올 수 있는 첫 관문이다. 강화도와 김포시로 유입하는 한강을 따라 쉽게 서울로 갈 수 있는 개성의 코밑 파주시는 바로 이북 개성의 이웃도시 같다. 황해도 개성 아래 문산은 38선이 지나가는 서부전선의 최전방에 해당한다. 이북의 초입 문산의 통일로에는 아버지가 염원하는 남북평화통일기념비[1]가 세워져 있다. 나는 마치 청각을 상실한 후 육체의 장애와는 상관없이 최후의 승리를 이룩한 베토벤의 제9교향곡 환희의 합창이 울려 퍼지는 환청을 듣고 있는 것 같았다.

차는 문산 읍내 공원을 왼쪽에 두고 오른쪽 골목 초입 단층집 슬러브 대문 앞에 섰다. 집 마당은 정원을 꾸미려고 공사 중이다. 부인이 우리를 맞이한다.

— 아버님의 셋째 형님 내외분이시오. 내일 아버님이 요양차 이곳으로 퇴원하시는데 초행이라서 미리 오셨소.

— 처음 뵙겠습니다. 이 상사님의 노고가 많습니다. 아버님은

한 달 가량 이곳에서 요양하시겠다고 합니다. 연로하신 분을 간호하며 섭생에 신경 쓰는 일이 번거로우실 겁니다. 간병은 저의 고모부님이 저희들을 대신해서 하실 겁니다. 부탁드립니다.

아내가 말했다. 부인은 상냥했다. 이곳에 오기를 원했던 아버지의 뜻을 알아내는데 나는 무지했다. 의사가 생각하고 있지 않았던 상큼한 자연치유의 공기가 문산에 있었다. 환자에게는 약만이 만능이라는 나의 무지를 확인했다. 집 왼쪽으로는 공원을 끼고 있어 외국의 전원도시를 떠올린다. 아버지의 눈은 맑아지고 병원에서 흡입하는 산소탱크를 무색하게 할 것이다. 문산 산골 전체가 산소로 가득 차 있어 태초의 산천초목을 떠올리게 한다. 그러나 나는 이곳 땅을 밟고 아버지의 환향에 의문을 품었다. 문산의 공기에 취한 아버지는 낙동으로 가겠다는 생각을 한 번이라도 비친 적이 없었다. 그러나 원시림 속 같은 맑은 공기의 문산에 경도되는 아버지를 이곳에 두고 돌아설 수 없는 일이었다. 오늘의 아버지를 있게 한 고향의 백부님 땅을 저버릴 순 없지 않는가. 그렇지만 청정한 공기에 매료된 아버지의 뜻에 좇아 너까지 그것을 핑계 삼아 문산에 아버지를 버려둘 수 없지 않는가 자문한다. 도저히 그럴 수 없다. 나는 두 형 대신 가문의 명제(命題)인 선영으로의 환향을 저버릴 수 없다.

K병원으로 돌아온 나는 병원장인 K교수에게 들러 담당의사의 보름 동안 복약처방을 받고 퇴원을 준비했다. 먼저 한 대는

구도(龜島)를 아는가❷

택시 운전석 옆에 매부가 타고 뒷좌석에 나와 아버지가 탔다. 뒤차에는 두 누님과 아내가 탔다. 아버지는 통일로 평화통일 비석을 지나가는데도 아무 말을 하지 않았다. 매부가 뒤따라간다는 사실이 마뜩찮아 보였다. 얼마 후 문산 이 상사 집에 들어서자 바로 나는 아버지의 활력 징후를 측정했다. 모두 정상이었다. 그날 오후였다. 문산 이 상사 집에 아버지를 간호할 매부를 남겨두고 나와 아내는 서울역에서 두 누님과 헤어졌다. 그날 이후 문산에서는 이렇다 할 소식이 없었다.

7월 초순 아침이었다. 아내는 문산의 매부로부터 전화를 받았다. 옆에 있던 나는 무단히 가슴이 내려앉았다.

— 탁이 어머니 접니다. 오늘 부산으로 내려가 할 말이 있습니다.

— 고모부님 무슨 일이 있습니까.

— 아버님은 가끔 숨이 차다고 합니다. 그러나 다른 증세는 없습니다.

매부의 전화는 다시 오지 않았다. 더위가 한풀 꺾인 저녁 무렵이었다. 매부는 연락도 없이 부산 병원으로 찾아왔다. 집으로 안내했다.

— 이것은 아버님이 저희들에게 주시겠다는 금액의 각서입니다. 그리고 문산에서 돌아가시면 사후에 처리하라는 내용입니다.

모두 돈에 관계되는 각서였다.

— 고모부님, 아버님과의 각서 관계는 저희들은 전혀 모르는 일입니다.

고모부가 말하는 지불각서는 처음 듣는 말이었다. 딸들이 문산으로 아버지의 병문안 올 때마다 무슨 이유인지 돈을 요구했을 것이다. 딸들과 채권 채무 관계가 있어서 그런 것은 아니었다.

— 아버님은 사촌 형에게 전해달라고 하면서 150만 원을 주셨습니다. 장곡리에 세울 비석에 사진을 넣어달라고 했습니다.

선영을 관리하고 있는 사촌 형에게 전하면 될 것이다.

— 문산의 공원묘지에 대해서는 무슨 말이 없었습니까.

내가 물었다.

— 그렇지 않아도 이 상사는 문산 공원묘지 대금을 아버님에게 달라고 했네. 알았다고 만하시고 다음날 150만 원을 주신 것으로 미루어보아 낙동으로 가실 의향이 있는 것 같은데 확실하지 않네.

— 고모부님, 아버님과의 각서 관계는 처음 듣는 일이므로 후일 아버님에게 물어보겠습니다. 저희들은 아버님을 낙동으로 모시겠습니다. 고모부님과 함께 계신다면 저희들은 마음 든든하지요.

아내는 매부의 의중을 물었다.

— 이제 저는 문산에 가지 않으렵니다.

그의 얼굴에 그림자가 드리워졌다.

다음날 아침이었다.

— 고모부님, 낙동 장곡리에 집이 두 채 있습니다. 우선 토담 집에 아버님과 함께 계시면 다른 한 채를 헐어 집을 짓고 아버님을 편히 모시도록 하겠습니다. 우리 함께 아버님을 모시지 않겠습니까.

그의 실낱같은 눈꼬리는 아래로 쳐졌다.

— 고모부님, 수고비를 별도로 드리겠습니다.

— 제가 돈을 바라고 하는 일은 아닙니다. 모두가 바쁘다보니 집사람 당부도 있고 해서 아버님을 모시려고 하는데 아버님은 저의 간병을 의심하시니 그 점이 못 견디겠습니다.

— 낙동에서 아버님을 모신다면 사정은 달라질 겁니다.

아내가 말했다.

— 알겠습니다. 그럼 언제 낙동으로 모실 작정이십니까?

— 7월 18일이 토요일이므로 탁이 아버지가 당일 문산으로 가서 아버지를 모셔오면 저와 고모부님은 다음날 7월 19일 일요일 낙동에서 합류하도록 하십시다.

그는 둘째 누나에게 전화를 했다. 그리고 예정일에 내려올 아버지를 낙동 장곡리에서 간호하기로 합의를 보았다.

주≫

1) 나는 남북평화통일기념비 앞에서 동서독 장벽이 무너진 통독 기념일을 위한 1989년 레너드 번스타인이 지휘하는 베토벤 교향곡 환희의 합창을 떠올렸다.

아버지의
낙동리
환향

1992년 7월 18일 아버지의 환향(還鄉)일이 밝았다. 25세 때 낙동을 떠난 후 67년 만에 아버지의 환향일을 결행하려는 내 가슴은 두근거렸다. 아버지는 엄마와 함께 영원한 안식처인 구도(구례섬)에서 묻히기로 언약했었다. 생명과도 같은 구도는 구도재생원의 후계자를 둘째 형으로 정한다면 부모님의 언약은 이루질 것을 확신했다. 그러나 소원은 빗나갔다.

나는 로마의 전쟁영웅 줄리어스 시저가 믿었던 부하 부루터스를 향한 마지막 절규를 떠올렸다.

부루터스 너마저!

철석 같이 믿었던 부하 부루터스의 칼에 찔렸을 때 줄리어스 시저의 외마디를……

부모님은 둘째 형에게 배신을 당했다. 어쩔 수 없이 아버지는 막내를 따라 내키지 않은 환향의 길을 떠날 수밖에 없었다.

1950년 6월 23일 서울 성북구 동암동을 떠난 엄마는 서울발 목포행 열차로 대전역에서 환승, 6월 24일 새벽 목포역에 도착하여 불과 2~3시간 뒤였다. 엄마는 방첩대에 연행되었다. 6월 25일 새벽 38선에서 북한은 6·25전쟁을 일으켰다. 그날 우리 가족은 아버지의 유도 제자라는 청년의 첩보에 따라 방첩대 지하에서 엄마를 발견했다. 엄마는 방첩대 3층 고문실에서 투신했었다. 독한 마음을 결행함으로써 왼쪽 발목이 골절됐고 그 사실이 세상에 알려졌다. 차남수외과에서 응급 깁스만 하고 구도(구례섬)에서 다시 용출도(龍出島)의 외딴집에서 엄마를 간호하던 나는 그때 읽었던 한 권의 시집을 떠올렸다.

시인 김용호의 장시 '낙동강'이었다. 시인은 이렇게 낙동강을 말했다.

…… 내 사랑의 강! / 낙동강아! / 칠백리 굽이굽이 흐르는 네 품 속에서 / 우리들의 살림살이는 시작되었다. / ……(중략)…… / 초조와 불안과 공포가 / 나흘낮 사흘밤 / 우리들의 앞가슴을 차고 뜯고 / 울대처럼 선 왼 산맥의 침묵이 깨어질 때 / 뻣뻣한 대지를 / 고슴도치처럼 한 손에 휘어잡고 메어친 / 꽝하는 너의 최후의 선인은 /

우리들의 절망 바로 그것이었다. / ……(중략)…… / 아! 그리운 내 사랑의 강! / 낙동강아! / 너는 왜 말이 없느냐 / 너의 슬픔은 무어 며 / 너의 기쁨은 무어냐…….

나는 6 · 25전쟁 와중에서 낙동강의 197행 장시를 읽었다. 한 국인의 젖줄인 낙동강은 일제강점기에 논밭을 잃고 북간도로 떠 나야 했던 경상도인에게 있어 그들의 골수 깊은 뇌섬엽(Isula)[2] 에 각인된 영원한 통증이었다 .

1950년 8월 초순이었다. 그때 아버지와 나는 엄마를 용출도 에 홀로 두고 피난길에 나섰다. 장산도에서 위기일발 탈출하여 생환한 후 나는 아버지의 고향을 동경하여 왔었다.

1950년 8월 1일에서 9월 24일 사이 한국의 젖줄인 낙동강의 다부동 전투에서 칠백 리 낙동강은 피로 물들었다. 그러나 낙동 강은 한국을 적화 직전에 승리로 이끌어 낸 생명의 강이었다. 6 · 25전쟁 중 용출도에서 처음으로 대면했던 김용호의 시 나는 그 낙동강 칠백 리의 낙동리로 아버지를 환향해야 하는 명제를 떠안았다.

환향을 결행할 날은 1992년 7월 18일이었다. 서울에 올라온 나는 둘째의 승용차편으로 아버지가 기거하시는 문산 아파트로 갔다. 무슨 이유에서인지 둘째는 나를 아파트 앞에 내려놓고 말없이 사라졌다.

낙동으로 환향하고 싶지 않은 할아버지를 태우고 가야 한다는 부담감 때문이었을 것이다.

아파트 지하로 내려갔다. 널찍한 지하 공간에 다다미가 깔려 있었다. 아버지는 유도장 안에서 홀로 서예에 정진하고 계신다.

— 갑자기 웬일이냐?

아버지는 나의 갑작스런 내방을 경계하는 것 같았다.

— 낙동 장곡리 선영에 비석을 세워달라고 사촌 형에게 건립비를 보내시지 않았습니까. 비석을 세운 곳이 길(吉)터인지 아버지에게 직접 확인시키려구요. 겸해서 선영에 음택(陰宅)도 보아 두셔야 하겠기에 시간을 내어 왔습니다.

아버지는 말이 없으셨다. 나는 아버지가 자식에게 명령하여 선영에 가보기로 해야 할 일을 외려 자식이 아버지를 설득하려드니 괴로웠다.

지하에서 1층 밖으로 나왔다. 아버지가 가장 좋아하시는 서예시간이다. 그러나 이곳의 혹독한 겨울 생활이 아버지를 힘들게 할 것이다. 이 상사에게 급히 전화를 넣었다.

— 이 상사 지금 아파트 정문에서 기다리고 있소. 승용차로 와야 합니다.

— 형님 제 차가 고장이라서 입고되었습니다. 택시로 가겠습니다.

제2부 洛東으로 가는 길

잠시 후 그를 태운 택시가 아파트에 도착했다. 그러나 아버지는 조금 전 계셨던 지하 유도장에도, 1층 어디에도 안 계신다. 이 상사가 다가왔다.

— 이층으로 가봅시다. 아들 내외와 함께 사는 할머니가 계시는데 아버님은 그 호실에 자주 들립니다.

이 상사가 알려준 2층 호실로 갔다. 아버지는 소파에 앉아 계신다.

— 아버지, 낙동에 다녀오십시다.

— 나 안 간다.

아버지는 단호했다. 뒤이어 아버지 옆에 앉아 있던 할머니의 자부가 일어섰다.

— 할아버지 좋으실 대로 놔두시지요.

— 아버지, 저희 집이나 낙동으로 가십시다. 몸 상태가 좋으실 때 낙동에 다녀오셔야 합니다.

나는 자부라는 여인을 보지도 않고 아버지의 겨드랑이를 부축했다. 이때 이 상사도 한쪽 겨드랑이를 잡고 아버지를 일으켜 세웠다. 그리고 아파트 밖으로 나왔다. 엄마의 말을 듣지 않는 어린애처럼 아버지는 앞일을 생각하지 않고 마음먹은 대로 행동하신다.

이 상사는 나의 의중을 알았는지 아버지를 택시 안으로 부축해 뒷좌석에 앉혔다. 그는 기사석 옆자리에 앉았다. 만일 이 상사가 동행하지 않는다면 아버지는 나를 따라 환향 길을 떠나지 않았을 것이다.

택시는 통일로 휴게소 앞에 세워진 '평화통일기념비'를 뒤로 하고 남하한다. 임진강의 푸른 물이 문산을 휘돌아 흐르고 있다. 눈을 감고 계시던 아버지가 앞을 바라보신다.

— 기사 양반 파출소로 갑시다.

기사는 흠칫 뒤돌아본다. 아버지의 말에 따라 파출소로 갔다면 경찰관은 나와 이 상사를 납치범으로 착각하기에 충분했다. 차가 파출소 앞에 이르자 아버지의 오른손은 출입문의 손잡이에 매달려 있었다.

— 아버지, 이러시면 저 한강 물에 함께 투신하십시다.

정말 나는 아버지와 함께 한강으로 유입하는 임진강으로 투신하고 싶었다. 정말 막내를 납치범으로 생각하고 계신다.

— 부모를 버리고 외국에 간다고, 불효막심하다고 탁이 어미에게 말했었지 않아요. 그래서 곧 떠날 항공료까지 물어주고 가지 않았잖아요. 그런 저희들마저 버리시겠다는 겁니까.

나는 20년 전의 일을 아버지에게 상기시켰다. 애들처럼 보채던 아버지의 행동은 이내 수긋해졌다.

아버지의 내면세계는 자식들은 배척의 대상이었다. 자식들은 아무도 아버지의 세계를 이해하려고 하지 않았다. 그렇지만 나마저 아버지를 이해하지 않으면 아버지 대에서 우리 가문은 표

류할 것이다. 아버지는 어린애가 되었다.

　― 이제 바다가 보이는 구례섬이 아니면 아무데도 안 간다.

　― 그래도 백부님에게는 인사를 드려야 하지 않습니까.

　아버지는 계속 눈을 감고 계셨다. 택시는 대전을 지나고 있다. 앞창에 빗방울이 빗금을 친다. 김천으로 들어서자 와이퍼는 사정없이 앞창을 때리는 빗줄기를 훔쳐내고 있다.

　나는 부모님에게 듣기만 했던 과거 속의 땅으로 가고 있다. 경상도 대구, 구미, 칠곡으로 들어섰다. 그때 42년 전 용출도에서 어머니를 간호하면서 읽었던 시인 김용호의 낙동강을 나는 얼마나 보고 싶어 했던가. 환향을 거부하는 아버지를 모시고 시집 속 낙동강을 따라가고 있다.

　1950년 6월 25일 일요일 새벽 4시경, 38선 전역에서 소련제 T34 탱크를 앞세워 남침한 북한군은 3일 만에 서울에 입성했다.

　한국 정부는 서울 시민을 남겨둔 채 서울을 빠져 나간 후 한강을 폭파하고 대전에서 대구로 쫓겨갔다. 소련제 탱크를 앞세운 북한군은 파죽지세로 강심 깊은 낙동강 700리 길의 낙동면, 도개면, 고아, 구미를 접수했다. 마지막 낙동강의 수심이 낮은 칠곡군 가산면 다부리 쪽 낙동강을 손안에 넣는다면 손바닥만한 마지막 땅 부산은 북한군이 지배하는 새벽을 맞이할 것이다. 위

커 장군은 한국군 최초의 제1사단장인 백선엽과 미군 기갑연대로 하여금 낙동강 방어선을 구축했다. 최후의 일전, 다부동전투였다. 대한민국 존폐의 일전은 낙동강을 피로 물들였다. 아! 어찌 우리 그날을 잊으리. 한 영웅의 출현으로 패망 일촉즉발 남한은 기사회생됐다. 전라도 적 치하에 감금되어 있던 아버지와 나는 장산도를 탈출, 홀로 두고 떠났던 엄마에게 생환의 금가락지를 건넸었다.

한국전쟁 최후의 보루 낙동강 방어선, 북한의 적화에서 기사회생한 낙동강 다부동 전투를 어찌 잊을 수 있겠는가. 나는 베토벤 교향곡 제5번의 '운명'에 이은 제9번의 '환희의 찬가'를 떠올려다.

택시는 선산을 지나 낙동면으로 들어섰다. 앞창의 와이퍼는 폭포수 같은 빗줄기를 계속 밀어내고 있다. 아버지의 고향을 처음으로 찾아드는 내 가슴은 고동쳤다. 아버지 또한 가슴 설레고 있을 것이다. 한때 망상에 사로잡혀 때를 썼던 아버지도 저 막내가 나를 이곳으로 왜 데려왔는가, 하고 정신이 드실 것이다.

1920년, 경성의 개화기 신여성이 낙동리의 상투 튼 총각을 가르쳤다는 낙동분교는 동화 속 옛 얘기에 지나지 않을 것이다. 누구 하나 아버지를 기억하고 있는 사람은 없을 것이다. 그러나 앞창으로 퍼붓는 빗줄기를 밀어내는 택시의 와이퍼 사이에서 낙동리 버스정류소가 보였다. 정차한 택시의 차창 밖으로 낯선 한 사람이 푸른 비닐우산을 쓰고 이쪽을 바라본다.

주≫

2) 대뇌피질의 외측 역삼각형 고랑 깊은 곳에 형성된 섬엽(腦峽葉)을 가리킨다. 이곳에서는 수많은 감정, 맛 ,냄새, 통증 인식,공감, 기억, 주의 집중력 등 인간으로서 살아가야 할 수많은 생존 감감능력과 연결되어 있다.

낙동강,

옛 집터

"김실경 씨가 낙동우체국 앞에
서 기다리고 계실 거예요. 여기서
내리면 됩니다."

나는 아내의 말을 떠올리며 빗물에 가린 창밖을 열심히 바라
다보았다. 창밖 버스정류소에 '낙동면' 표시판이 보인다. 맞은
편 길가 벽돌집에서 우체국 간판을 찾았다. 지나가는 택시의 전
조등 속에서 깡마른 촌로(村老) 한 분이 하늘색 비닐우산을 받쳐
들고 이쪽을 바라다본다. 나는 차창 문을 내렸다.

— 할부지 아닌 기여…… 저 김실경입니다.

— 처음 뵙겠습니다. 저는 부산에서 병원하는 아들입니다. 우
중에 많이 기다리셨죠.

— 반갑십니더. 조금 전에 아주머니에게 전화하니 낙동에 도
착할 시간이 지났다 카길레 걱정하고 기다렸어여. 저 위로 올라

가면 낙동강 나룻터 왼쪽 언덕에 '유림장' 간판이 보입니더. 뒤따라 가겠십니더.

택시는 유림장 앞에 섰다. 드디어 나는 1950년 7월 용출도에서 엄마를 간호하며 읽었던 김용호의 시 '낙동강 칠백 리 길'을 떠올리며 강나루 위쪽에 도착했다. 아버지를 부축하여 유림장 안으로 모신 후 나는 빗줄기를 밝히고 있는 택시의 전조등 쪽으로 갔다. 이 상사의 얼굴은 몹시 어두워 보였다. 아버지와의 이별 때문인지 애잔한 그의 표정은 내 가슴을 뭉클하게 했다.

— 이 상사도 함께 내리시죠.

— 아닙니다. 이 택시로 바로 가야 합니다. 내일 부대에 들어가 보아야 할 일도 있고 해서요. 아버님에게는 부러 인사를 하지 않고 가는 게 좋을 것 같아 그냥 가겠습니다.

한때 길 잃은 아버지에게 유일한 위안을 안겨주었던 그에게 나는 새삼스레 뜨거운 눈물 같은 게 빗물과 함께 내 뺨을 적셨다.

엄마의 눈은 정확했다. 고독한 서울 생활에서 만난 이 상사를 통해 부모님은 정신적 위로를 받았을 것이다. 퍼붓는 빗속으로 택시의 미등은 멀어져갔다. 떠나가는 그와 아버지 사이의 깊은 신뢰를 나는 비로소 알 수 있었다. 아버지와 그와의 사이에 이별을 가져다준 것에 나는 가슴이 아팠다. 그는 진심으로 아버지를 사랑했다. 그러므로 막내가 두 형을 대신해 아버지를 선영으로 모시는 길에 그는 아픈 마음으로 나에게 협조했다. 나는 말로만 들었던 아버지의 고향을 찾아 자식으로서 마음의 빚을 갚은 것 같았지만 그러나 부모님이 택한 양자인 이 상사에게 이별의 상처를 주었다.

나는 유림장 거실의 소파에 침통한 표정으로 앉아있는 아버지를 부축하고 1층 호실로 들어섰다.

— 할부지 참으로 잘 오셨는기라요. 고향에 오셔서 여러 자손들을 호령하는 가문의 장이 기셔야지요.

아버지는 김실경 씨의 말을 듣는 둥 마는 둥 내키지 않은 표정이었다. 김실경 씨로부터 전해들은 사실이지만 백부님이 치부(致富)하셨던 소금 배의 선착장이었다는 그때 그곳을 오늘밤에 아버지는 찾아왔다. 유림장은 강가에 있는 탓인지 방안에는 모기가 극성을 부린다. 아버지는 안절부절못하시다 밖으로 나가신다. 나는 어린애 다루듯 뒤따라가서 모시곤 방안으로 들어섰다. 아버지는 어디론가 떠나려하고 나는 아버지를 감시하는 일에 날밤을 샜다.

그리고 아버지의 낙동리 환향 첫 새벽을 맞았다.

아버지와 나는 김실경 씨의 안내로 낙동강을 가로지른 낙당교로 갔다. 간 밤의 소나기에 낙동강은 탁류를 쏟아내고 있다. 아버지의 눈길은 조금 전에 나왔던 유림장으로 쏠려 있다. 분명 엄마의 일기에 적힌 대로 저곳 강둑은 화살의 시위처럼 휘어진 곳이다. 저곳은 어릴 적 용근[3]이가 살았던 집터였을 것이다. 그때 엄마는 그해 농촌계몽운동을 마치고 낙동분교를 떠나기 전날 저녁 무렵 저 집터에 있었던 용근 학동을 찾아갔을 것이다. 그리고 용근의 어머니 김규선 씨에게서 비취 쌍가락지를 받았을 것이다. 그렇다. 아버지는 바람처럼 구름처럼 한평생 전라도를 떠다니다가 새끼구름을 달고 와 지금 고향 하늘 아래 옛 집터를 바라다보고 계신다.

　─ 여보게 실경이, 낙동막걸리 좀 사가지고 오게나.

　간밤에 날밤을 샜을 아버지의 눈빛은 그러나 전에 없이 맑아 보였다. 엄마와 함께 걸었던 강둑을 바라보면서 고향이라는 향수에 젖은 것 같다. 김실경 씨는 한 잔의 막걸리를 아버지에게 권한다. 그리고 종이컵을 나에게 내민다.

　─ 막내야, 내 결심의 뱃머리를 돌렸다. 네 인도로 고향에서 살기로 결심했다.

　─ 아버지, 잘 모실게요.

　낙당교 너머 장곡리 농경단지 벼 이삭들은 간밤에 내린 비에 더욱 푸르러 보였다. 머지않아 장곡리 선영 아래 들어설 구도원(龜島苑) 터의 산지기 집은 나와 아버지를 향해 가까이 다가서듯 보였다.

　아버지는 종이컵에 막걸리 한 잔을 채워 나에게 건넨 후 김실경 씨에게도 권했다.

— 실경이, 저놈이 내가 가야 할 집으로 인도하였네.

우리는 하늘에 뜬 새털 같은 구름을 바라보면서 아버지와 함께 가벼운 마음으로 막걸리 한 잔을 비웠다.

— 실경이, 낙동강 장어가 좋지. 우리 먹으러 가세.

— 할부지 어제 묵었던 여관 아래 '낙동식당'으로 갑시더. 거기서 잡아 올린 장어는 기름이 많고 맛이 일품입니더.

아득한 그날 엄마와 함께 걸었을 강나루 터로 우리는 발길을 옮겼다. 서울 처녀가 용근 학동의 안내로 정도현과 김규선을 처음으로 찾아갔던 그 집은 93년의 세월 끝에 유림장으로 바뀌었다. 우리는 아버지를 부축하고 낙동식당을 찾았다.

엄마와 함께 걸었던 강둑 식당에서 아버지는 막걸리 한 사발에 장어구이 한 접시를 들었다. 엄마가 이루지 못한 미국 취업을 이루려고 아내와 나 그리고 두 아들은 보름 후 한국을 떠날 참이었다. 그러나 아버지는 늙은 부모를 두고 떠나면 돌아오지 못한다, 하셨다. 아내가 내 앞길을 막았다. 두 형이 부모를 멀리하고 있는데 우리마저 부모 곁을 떠날 순 없지 않소. 우리 외국 취업을 포기합시다. 그리고 부모를 우리가 모십시다, 라고 아내는 내 앞길을 막았었다.

그리고 20년이 지난 오늘 아침 아버지의 태를 묻었던 옛 집터에서 비로소 아버지의 밝은 모습을 본 나는 자식으로서 삶의 보람을 만끽했다. 아득한 그때 상투 튼 총각은 경성 처녀를 떠나보

낸 후 재회를 얼마나 동경했을까. 초등학교 3학년 때까지 엄마의 손을 놓치지 않았던 막내인 나는 48년 후 아버지 용근과 함께 찾아온 옛 집터에서 아버지는 제정신으로 돌아오셨다.

— 할부지 기억나십니까. 옛적 소금 배들이 모였던 나루터 말입니더. 여기가 바로 그때 소금창고가 있었던 자립니더.

— 고맙네. 자네가 있어 든든하네.

어느덧 불쾌한 아버지의 얼굴은 어젯밤의 불안은 연기처럼 사라졌다. 김실경 씨와 나는 아버지를 부축하고 낙동 버스정류소 쪽으로 발길을 옮겼다. 때마침 아내와 오 보살, 둘째 매부 등 세 사람은 택시의 트렁크에서 짐꾸러미, 식사도구 등속을 꺼내고 있다. 부산에서 구미까지 버스로, 구미에서 택시편으로 방금 도착했다고 한다.

김실경 씨에게 수고하셨다는 인사를 나눈 아내는 아버지에게 다가왔다.

— 아버님, 아침 드셨습니까?

— 그래, 고맙다.

아버지는 막내며느리 말이라면 무조건 따른다. 모든 것을 다 아내에게 맡기려고 한다.

— 아버님 불편하시더라도 올해 말까지는 저 산지기 집을 헐고 아버님 운동도 하시고 서도하실 집을 지어드리겠습니다.

— 아가, 네 마음고생이 많다. 우리 집안에서는 너밖에 가문을

관리할 사람이 누가 있겠니. 고맙다.

　아버지는 그동안 겪던 언짢은 일들을 떨쳐 버리듯 어린애처럼
눈물마저 글썽거렸다.

주≫

3) 아버자의 아명은 용근(龍根)이었다.

조부모님께
올리는
환향 배례

— 아버님, 먼저 타시지요. 뒤
따라가겠습니다.

'어서 오십시오. 여기는 장곡리
입니다.'

우리는 장곡리 초입에서 택시 두 대에 분승했다. 따가운 여름
햇살 아래 황금빛 벼 이삭들로 출렁이는 장곡리 농경단지를 해
엄치듯 택시는 콘크리트 농로를 따라간다.

— 할부지예. 이 길 너머 옥관의 대둔에 이르는 전답까지는 다
큰할부지 것이었어. 상주의 전답 말고도요……

김실경 씨의 말에 아버지는 말이 없다. 치부(致富)는 형님이 했
으므로 자기와는 아무런 상관이 없다는 생각으로 일관해 왔었
다. 그러나 백부님은 선영을 문중 재산으로 공동관리하고 선영
또한 아버지 몫으로 분할해서 산지기가 관리해 왔었다. 김실경

씨는 백부님의 전답을 지금까지 관리하여 왔던 마지막 관리인이었다.

차는 오른쪽으로 꺾인 비포장 농로를 따라가다 선영으로 오르는 샛길과 이랑을 옆에 두고 대숲으로 둘러싸인 한 채의 토담집과 넓은 마당이 딸린 집 앞에 멎었다. 뒤이어 아내가 탄 택시가 도착했다. 벼 이삭과 경계를 이룬 마당 끝자락에는 몇십 년은 됨직한 검정색 외피의 감나무는 아직도 진녹색 이파리를 자랑하고 있다.

— 이 감나무들은 낙동리 할부지 집에 심어져 있었던 감나무와 똑같은 홍시 감나무라여.

아버지는 통의동에서 보성전문학교에 다닐 때 엄마가 밤참으로 그의 사랑채에 들고 갔었던 홍시를 떠올렸을까. 낙동강을 바라보고 남향으로 향한 앞마당의 일자형 집은 산지기가 살았던 안채였다. 왼쪽 토담집은 소여물을 쒔던 부엌이 딸려있다. 나는 아내와 의논 끝에 아버지를 낙동으로 모시려고 선영을 지켜왔던 산지기 집을 매입하고 아버지를 위해 아담한 별장을 지어드리기로 결심했다.

아내는 선영에 올릴 제물(祭物)로 밤, 과일, 명태, 소주 두 병을 준비했다.

— 아버님, 선영으로 가시어 인사드리시죠.

아내가 앞장섰다. 나는 아버지를 부축하여 집 옆 밭이랑을 지나 선영으로 오르는 나지막한 언덕으로 올라섰다. 몇십 년은 됐음직한 우람한 소나무들이 선영의 상하좌우 잔디를 에워싸고 있다. 상단에 홀로 모신 조부님 봉분 앞 비문에는 조부님의 장남 도현의 네 아들 기태 인태 복태 순태, 차남인 재현의 세 아들 영태 진태 원태 자손들의 이름들이 음각되어 있다. 간밤의 비에 젖은 조부님 음택의 잔디는 햇볕에 파릇파릇 빛난다. 아내는 묘 상석에 제물을 차렸다. 아버지는 조부님 묘 앞에 무릎을 꿇었다. 그러나 아버지는 조상 앞에 올리는 예를 잊고 한동안 우두커니 앉아있다. 나는 종이컵에 소주를 가득 부었다. 아버지는 조부님 음택을 향해 소주잔을 두 순배 돌린 후 말없이 나의 부축을 받아 일어섰다. 아버지는 음택 둘레에 소주를 뿌렸다. 나는 아버지와 함께 다시 묘 상석 앞에 무릎을 꿇었다. 아버지를 따라 배례했다.

— 아버지, 삼자 원태를 따라 용근이가 찾아왔습니다. 용서하십시오. 매일 문안드리겠습니다.

아버지를 따라 다시 배례했다.

아버지를 부축하고 바로 아랫단의 조모님 묘비석 앞에 섰다. 아내는 묘 상석에 제물을 옮겨놓았다. 나는 배례 후 일어섰지만, 아버지는 조모님 묘석 앞에 한참을 엎드린 후 조모님의 음택을 마주보고 앉았다.

— 어머니, 용근이가 왔습니다. 삼자 원태가 나를 이곳으로 인

도하였습니다.

농촌계몽운동 차 내려와 낙동분교를 떠날 무렵이었다. 학동 용근을 따라 갔던 경성 처녀에게 비취 쌍가락지를 끼워주셨던 김규선 씨는 소원대로 뜻을 이뤘지만 아버지는 왜 낙동으로 오시는 것을 마다하셨을까. 조모님이 선산으로 보냈다는 민며느리 때문이었을까. 아버지는 엄동의 낙동강 강심을 가르며 찾아가곤 했었던 대둔사에서 지성을 드린 끝에 아버지를 잉태하였다는 어머니를 생각이나 하고 계실까.

나는 아버지를 부축하고 백부와 백모님 묘지로 내려갔다.

— 형님, 이 동생 죄를 졌습니다.

아버지는 허리를 굽히고 비로소 체읍(涕泣)하였다. '형제는 수족과 같다'는 돈독한 가훈을 아버지의 자식에게 기대하였지만, 백부인 형님에게서 받았던 우의는 자신의 모든 것을 빼앗긴 채 형의 귀중한 가훈마저 대를 잇지 못했다. 그러나 환향을 한 번도 생각해본 적 없었던 버려진 선영으로 자기를 인도한 것은 엉뚱한 삼자에게 돌아가다니. 백부님의 임종 시 예언을 아버님은 건성으로 듣고 흘려버렸을 뿐이었다.

선영을 관리하여 온 백부의 자식 중 셋은 돌아가셨고, 막내만 남아 있지만 큰집 또한 선영의 관리는 등한시하고 있다.

아버지는 선영 맨 아래쪽에 세워진 비문 앞에 섰다.

아버지는 백부님의 4남인 순태 형에게 선영에 비문을 세우도

록 150만 원을 주었었다. ― 柔道 九段 ― 이란 아버지 친필을
비석에 탁각(琢刻)했다. 세로로 세운 검정색 대형 비석에 선영의
잡귀를 물리치듯 '유도 구단'의 글은 마치 꿈틀거리며 등천하는
용의 형국을 보이고 있다.

비문 왼쪽 하단에 아버지의 사진을 플라스틱에 입혀 넣었다.

비석 아래서 아내는 수박 한 통을 갈라 아버지에게 드린다. 아
내와 나는 벼 이삭 너머 낙동강 멀리 조산을 바라보며 아버지를
이곳 선영까지 모시고 온 이틀 동안의 노고를 풀었다.

우선 아버지가 기거하실 토담집의 온돌은 수리해 놓았다. 아
내는 부산에서 장곡리로 아버님의 반찬을 실어오곤 하는 고행이
시작됐다. 아내는 산지기의 요구대로 남편이 지었다는 흙집의
권리금을 지급했다.

아내와 함께 아버지를 모시고 선영에 배례를 마친 그날 밤 나
는 아버지와 함께 토담집 한 칸 방에서 담요를 깔고 잠들었다.

군 제대 후 아내와 나는 두 아들을 데리고 부산 부전동 505의
13번지에 정착하여 야간개업을 하면서 대학병원 전문의 과정을
밟았던 시절의 병원 1층 입원실이었다. 백부님이 오셨다. 어릴
적 가회동에서 보았던 백부님이 나를 향해 반색하셨다.

― 백부님 제가 아버지 용근의 삼자 원태입니다.

앉은뱅이상을 사이에 두고 나는 백부님과 마주보고 있었다. 뒤돌아보니 아버지는 2층 목조 계단으로 오르고 있었다.

― 아버지! 백부님이 오셨습니다.

아버지는 대답 없이 2층으로 올라가셨다.

꿈이었다. 야간개업 장소는 27년의 시공을 넘어 1992년 새벽 장곡리 토담집에서 아버지와 함께했던 토담으로 옮긴 꿈의 무대였다. 백부님은 선영의 음택에서 나에게로 내려오셨다. 프로이드의 꿈의 해석대로 풀이한다면 나의 무의식 속에 잠재해 왔던 아버지의 환향을 예시한 선몽(先夢)이었다.

꿈의 무대를 부전동 505의 13번지로 정한 것은 부실한 수술실에서 탈 없이 야간개업을 마쳤던 건 백부님의 음덕으로 밖에 생각하지 않을 수 없었다.

그 집은 한해 동안 방매가로 내놓았지만 흉가(兇家)로 소문이 나 들어올 주인을 한해 동안 찾지 못하고 있었다. 집안은 구석구석마다 한약 약초 내음이 배어 있고 거미줄이 여기저기 처져 있어 을씨년스러운 폐가였다. 소아과 의사였다는 외동딸은 충양돌기염(맹장염)이 파열하여 복막염으로 사망하였고 뒤이어 영감님과 할머니가 연달아 돌아가시자 아무도 세들 사람이 없었다. 매매계약을 하겠다는 복덕방 노인은 나를 의심할 정도로 계약을 다짐했다. 한길에 딸린 30평 집을 시세보다 싼값으로 살 수 있었던 것은 오랫동안 흉가로 소문난 덕이었다.

블록으로 쌓아 올린 집은 함석지붕으로 덮여 있고 내부 전선 피복은 여기저기 벗겨진 데가 많았다. 나는 전기공사를 어릴 적 북교동 집에서부터 한 경험이 있어 천장, 부엌 등 누전 부위를 새 전선으로 교체하고, 수위치와 천장의 등을 갈고, 도배하였다. 골목으로 난 삼각형의 연탄창고 바닥을 새로 모르타르를 바르고 연탄 묻은 벽체를 페인팅하여 수술실을 꾸몄다. 대기실 입구의 방을 회복실로 꾸미고 바로 옆 온돌방은 비닐장판을 깔고 진찰실로 사용했다. 1층 내실은 우선 아내와 내가 기거하고 2층은 두 애들의 공부방으로 사용했다.

1965년의 나라 경제는 입에 풀칠하면 다행일 만큼 식생활 해결이 급선무였다. 이때 월남 파병의 여파로 밑바닥의 나라 경제는 희망의 싹이 돋아나기 시작했다. 산아 제한으로 인해 조산원들의 낙태수술이 성행하고 있었다. 병원 조수와 조산원들의 낙태수술에 의한 의료사고가 빈발했었다. 이들 무자격자들에 의해 수술 중 자궁 천공을 일으켰고 천공 부위를 통해 나오는 소장을 탯줄로 착각하여 환자를 도륙시키는 경우도 있었다. 수술 후 실혈상태에서 시내 병의원을 배회하다 H의원의 아크릴 간판에 마지막 희망을 걸었던 여인들은 부지기수였다. 이상한 일이었다. 형체가 없어진 지궁을 그대로 놔둔 채 동료 외과의사와 함께 절

단된 창자를 잇고 하복부 두서너 곳에 고무삽관을 하고 항생제를 투여하였던 자궁 천공 환자는 기적같이 완치되어 신축한 산부인과 병원으로 찾아왔다.

산부인과 전문의 자격과 박사학위를 취득한 후 서면 로터리 부근에 산부인과의원을 신축하고 개원했던 1974년 8월의 어느 날이었다. 광주리에 수박을 머리에 이고 30대 여인이 진찰실로 들어섰다. 그 여인은 대학병원에서 퇴원당하고, H의원에서 죽기로 작정하고 찾아 왔었던 환자였다. 그때 따님은 엄마를 데려와선 마지막으로 죽어도 좋으니 살려달라 애원했었다. 환자는 자궁 천공으로 인한 범발성 복막염 환자였다.

당시 시설이 형편없었던 수술실에서 무사히 수술을 마치고 하나뿐인 회복실에 환자를 입원시켰었다. 그때 그 회복실로 백부님이 찾아오셨던 것이다. H의원에서 나의 손을 거쳤던 수술 환자들은 조상의 음덕으로 모두 부활하였다.

나는 백부님과 꿈속의 회후에서 깨어난 후 가슴 깊이 음덕을 찬탄했다.

— 조상님, 제 아버지의 흐렸던 정신을 평정하여 주시고 저에게 선대의 대를 잇도록 인연을 이어주시어 감읍하옵니다.

적요한 새벽이었다. 마당에서 선영을 향해 합장하고 뒷간을 다녀오는데 마당 복판에 손바닥만한 금두꺼비가 내 길을 막고 있다.

— 여보! 두꺼비가 길을 막고 있소.

나는 산지기 토담집 안채에서 잠들어 있는 아내를 향해 소리
질렀다.

— 조심해요. 밟지 말아요!

새벽녘 장곡리 선영 아래 금두꺼비의 출현, 어려웠던 H의원
의 야간개업 시절의 H의원 회복실을 꿈의 장소로 옮겨 출현한
백부님의 선몽 등 육도중생(六道衆生)의 윤회(輪廻)를 떠올렸다.
그렇다면 조상 중 어느 분(백부님이 아니면 조모님이셨을 지도 모를 일
이었다.)이 현몽하시어 산지기 집을 헐고 아버지를 모실 집을 지
으려는 집터에 두꺼비로 환생하여 나를 반겼을 것이다.

8월의 일요일 아침이었다. 나는 홀로 선영으로 올라갔다. 송
림 사이로 뚫린 전답 건너 아득한 조산 아래 낙동벌은 물밑처럼
고요하다. 토담집 대나무 숲으로 둔탁한 빗물 떨어지는 소리가
들린다.

　　　낙동강 천삼백 리

　　　흐르다가 무심코 원을 그리며 쉬어가는 곳

　　　가락의 동쪽으로 흐르러

　　　칠백 리 길 허리 펴고 다시 흐르네

그 무렵 나루터 소금 배는 보이지 않고
흙탕물 위에 낙당교만 떠있더라.

낙동강 칠백 리 길에
낙동 벌 쓸어안아
기름진 논을 이루고
태백준령을 굽이쳐 흐르러
정기를 토해내며 들녘을 적시었네.

흐르다 지친 허리 펴며 돌아눕는 장곡리
토담집 뒤뜰에는 빗소리마저 커지고
송림 속 조상들
아득한 조산을 향해 누워있네.

선영 아래
구도원을
세우다

문산의 이름 모를 아파트 2층에서 이 상사와 함께 아버지를 모시고 낙동리에 도착했을 때 택시 창문 밖 저물녘에는 소나기가 퍼붓고 있었다. 이곳 유일한 생존자인 이장 출신 김실경 씨는 아버지를 따뜻이 맞아 주셨다. 그는 백부의 먼 친척뻘이었고 선영을 관리해 왔던 분이셨다. 그날 저녁 이후 그는 나에게 낙동리와 장곡리에 관한 백부님 사후 사촌 형들이 낙동리의 전답을 어떻게 처분하였는가, 소상히 알려 주었다. 작고하신 사촌 4형제는 서울 인근 공원묘지에 모셔졌다.

전답을 팔고 떠나는 백부님의 아들마다 산지기에게 장곡리에 집을 짓겠다고 큰소리치며 선영을 둘러보곤 전답 판 돈뭉치를 륙색에 넣고 낙동리를 떠났다고 한다. 그리곤 장곡리의 산지기

구도(龜島)를 아는가❷

를 까맣게 잊고 있었다. 산지기 집터와 마당과 선영으로 오르는 밭과 산지기가 해마다 가을이면 따먹었던 56년 세월의 감나무들을 경계로 한 자투리 논을 버려둔 채 사촌 형들은 장곡리를 찾지 않았다. 모두 아버지 소유의 땅과 논밭들이었다. 그러나 시재가 다가오면 김실경 씨를 통해 선영의 잔디 깎기를 부탁하는 것으로 그쳤지만, 그 일 역시 김실경 씨는 노쇠하여 돌볼 수 없게 되었다.

낙동리와 장곡리 전답을 처분한 돈으로 서울의 종로구 단성사 운영권과 아파트를 사고 되팔고 하여 부동산으로 재미를 본 사촌들은 하나같이 낙동의 선영을 잊고 살아왔었다. 척박한 장곡리 산지기 집을 청상과부로 아들을 키우다 뿔뿔이 도시로 떠난 후 젊었을 적 남편이 지었다는 두 채 토담집을 지키며 살아왔다. 나와 아내는 산지기 아주머니를 만났다. 사촌들이 하던 말을 되풀이 한다는 것이다. 아주머니는 아내에게 자기가 요구한 돈을 받고 토담집의 철거를 승낙했다.

지루한 여름 장마 후였다. 선영 아래 장곡리 대지에는 포크레인 정지작업이 시작됐다. 콘크리트 건물 기둥이 세워지고 토담 집터에는 아담한 단층 건물이 자리를 잡고 남향으로 툭 트인 장곡리 논경단지에 고개 숙인 벼 이삭들이 초가을에 하늘거리고, 앞마당 감나무에는 주홍 빛깔 홍시들이 영그는 추석이 지난 무렵이었다.

일자형 건물 위에 근사한 슬러브 지붕이 덮여지고 외장공사가 한참인 11월로 접어들었다. 엄마와 아버지가 둘째 형에게 빼앗긴 '구례섬'을 기념하기 위한 구도원(龜島苑)의 마무리 공사가 거의 끝나가고 있었다.

1992년 11월 18일 수요일

나는 서면 부전동 병원에서 진료 중 장곡리 매부에게서 온 전화를 받았다. 아버지의 호흡곤란 증세가 자주 일어난다고 한다. 오늘 새벽부터 아버지는 가슴이 터질 것 같다는 증세를 호소했다는 것이다. 나는 서둘러 병원 진료를 중지하고 오전 10시 상주행 시외버스로 낙동정류소에 내렸다. 장곡리 공사장으로 들어섰다. 건축 자재들로 흩어져 있는 마당에 단층 양옥집이 모습을 드러냈다. 아버지가 기거하고 계시는 한 칸 토담 방에 하얀 고무신과 운동화가 보였다. 문을 열고 들어서자 매부는 전화를 걸고 있었다.

— 매부, 저 왔습니다.

— 지금 부산에 전화를 하고 있는데 마침 잘 왔네. 가슴이 답답하시데……

아버지의 발등을 보았다. 부종이 심하다. 청진기의 진동판에서 수포음이 들린다. 그러나 심음은 정상 법위다.

— 아버지, 숨쉬기 곤란하시죠……

— 가슴이 답답하다. 좀 편안하게 해주렴.

— 우선 주사 좀 맞으시고 부산 병원에 가실 준비를 하십시다.

나는 병원에서 준비해온 신경안정제와 기관지확장제인 아미노피린 주사제와 근육이완제를 주사했다. 그리고 서너 시간 후 승용차에 아버지를 태웠다.

이 상사와 함께 문산을 떠나 난생 처음 아버지의 고향으로 왔었던 그날, 밤비 내리던 낙동면 우체국 앞의 버스 매표소 아가씨의 얼굴도, 김실경 씨의 점촌댁 할머니도, 25번 국도를 지나가는 버스도 이제는 낯설지 않았다. 승용차는 선산 구미를 거쳐 칠곡면으로 들어섰다. 아버지는 배뇨를 한 후 숨길이 안정됐다. 출발 전 맞은 주사 약효과가 나타났다. 드디어 승용차는 부산 동부 시외버스터미널을 지나 부산 구덕 터미널을 빠져나왔다. 드디어 목적한 D대학병원으로 들어섰다. 그날 아침 부산에서 낙동으로 출발 전 의대 동기인 D대학병원 C병원장에게 부탁했던 10층 독실로 입원했다. 지난 4월, 목포 콜롬방병원에서 서울 강남성모병원으로, 그리고 문산에서 낙동을 거쳐 다시 부산 D병원으로 입원하기까지 아버지의 병명은 심장성 천식에서 폐색성 폐질환과 확장형심근염이라는 심장 질환을 앓았었다. 결국 아버지가 고통받는 증세의 병명은 기관지 천식을 동반한 심부전이었다. 기관지 천식은 젊었을 적 아버지가 앓았던 폐 질환의 후유증이었다. 입원 후 20일을 경과하며 병세의 차도가 나타났다. 입원 당시 폐엽의 참출액으로 인해 하얗던 흉부X-선 사진은 정상 음영으로 돌아왔다. 아버지는 D병원장의 전송을 받으며 퇴원했다. 그리고 부산 부전동 병원 집으로 퇴원 후였다.

나는 아버지에게 부전동 병원 맞은편 안경점에서 도수가 맞은 안경을 사 드렸다. 낙동 장곡리 집으로 가면 원고 정리할 때 필요하다는 이유에서였다. 아내는 아버지와 약속대로 장곡리 신축 구도원의 내장공사와 도배를 마무리하기 위해 장곡리 집으로 떠났다.

1992년 12월 11일 금요일

드디어 구도원이 준공됐다.

— 아버지, 탁이 어미가 낙동 장곡리 집을 준공필했습니다. 오늘 장곡리 집으로 떠났습니다.

— 우리 문중이 거꾸로 되었구나. 큰집 조카들이 선영을 지킬 집을 지어야 하는데 너희가 조상에게 예의를 갖추었으니 음덕을 내릴 것이다.

아내는 다음날 부산으로 내려왔다.

그동안 낙동면 장곡리 마당에 돗자리를 깔고 구도원 준공을 독려하던 아내는 마지막 준공 확인을 마치곤 부산 병원으로 돌아왔다.

1992년 12월 13일 일요일

12시 30분이었다. 나와 아내는 둘째 환이 운전하는 뉴그렌져 뒷좌석에 아버지를 모시고 부산에서 낙동으로 출발했다. 아버지는 경주를 거쳐 대구 칠곡 구미 선산을 지나 낙동리 우체국에 이르기까지 호흡곤란을 일으키지 않았다. 승용차는 장곡리 콘크리트 농로를 따라갔다. 벼 이삭들로 출렁거렸던 장곡리 농경단지는 황량한 갈색 들판으로 바뀌었다.

— 아가 창문을 열어라.

아내가 승용차 손잡이 쪽 버튼을 눌렀다. 광활한 논에는 묶인 볏단들만 수없이 보인다.

— 저 논들은 형님께서 사들인 논이었어. 저 땅들은 재물로 바뀌어 큰집 자식들 손으로 들어갔지만 이제 그 재물은 없어졌고 그들 소유자는 다시는 고향으로 돌아오지 못했구나.

— 큰집 사촌 형님들은 왜 선영으로 돌아오지 않아요?

— 형님에게서 받은 논 문서를 모두 돈으로 바꿔 갔으니 고향을 찾아올 체면이 안 섰던 게지.

— 큰아버님에게서 받은 유산으로 아버지는 구례섬과 모개섬, 그리고 용출도를 샀다고 하지만 우리도 마찬가지 아닙니까.

— 넷째 사촌 형 말이다. 그 형은 자기 형들에게서 돈을 뜯어가지 않은 형이 없었다. 하지만 백부님이 말씀하신, '형제는 수족과 같다'라는 가훈대로 자기 동생에게 속은 줄 알면서도 사업

밑천을 대주고도 싸움 한 번 한 적이 없었다. 그런 게 형제가 아니니……

― 그래도 신안보육원은 남아있지 않습니까.

― 사촌 형들 같았으면 그러지 않았을 것이다. 사단법인 구도재생원으로 등록되어 있는 구례섬을 처분하려면 우선 죽교동 92번지의 일부 대지로 옮겨야 했다. 사단법인에서 해체한 구례섬(龜島)을 민간인에게 팔고서 매도액의 일부로 신안군 동서리에 아동복리회 신안보육원을 새로 법인 등록했던 것으로 속임수를 썼던 거지. 그런 후 죽교동의 92번지 대지 일부는 사유화하여 아파트를 짓고 구도(구례섬)의 매도금은 은닉한 채 아직도 부모 형제에게 말하지 않고 있는 거야. 딸들에게는 죽교동 92번지 대지를 팔아 신안보육원으로 구도재생원을 옮겼다고 말했어. 이건 배임과 횡령에 해당하는 거지.

아버지는 오랜만에 심중에 쌓였던 한을 토해내셨다.

돌아가시기 전에 엄마 또한 말한 적이 있었다. 둘째 형이 이를 실행하려면 큰형을 사단법인 구도재생원 이사진에서 뺀 후라야 가능했다고. 큰형이 용섬을 극장 건축을 구실로 팔았으므로 둘째 형은 이를 구실로 큰형에게서 이사 사퇴 사인을 받았다고.

― 네 엄마의 말만 듣고 구도재생원 명의만 위임하면 매월 생활비를 주겠다고 해서 엄마가 승낙했었다. 그러나 죽교동 터에

아파트를 짓고 세를 주고 구례섬을 팔아 신안군 동서리로 옮기고 막대한 구례섬 매각 대금과 죽교동 아파트 수입금은 모두 비자금으로 흘러갔다. 그중 일부만을 신안보육원 법인체 기금으로 신고한 것이다. 네 둘째 형은 신안보육원을 핑계 삼아 네 형제자매에게 돌아갈 유산 상속을 송두리째 약탈해간 셈이었지.

승용차는 부산을 떠난 지 2시간여 만에 장곡리 집의 샛길에 멈추었다.

— 이미 지난 일을…… 세월이 조금 지나면 다 밝혀질 겁니다.

승용차는 좁은 농로를 지나 아내가 작년에 사들인 논두렁 사이 고샅을 조심스럽게 빠져나와 장곡리 신축건물 마당에 멎었다.

— 아버지, 이 집 이름을 지어야 하는데요.

— 너희 어머니의 뜻을 살리기 위해 구도원(龜島苑)으로 해라.

— 알겠습니다.

구도(구례섬)는 엄마와 아버지의 뇌리 깊이 각인된 약속의 섬이었다. 그 구도는 전라도 목포 뒷개[4]에서 손에 잡힐 거리의 바다에 떠있는 울창한 송림으로 덮인 섬이다. 그 섬, '구도재생원'을 기념하기 위해 장곡리 신축건물을 구도원으로 이름 지었다.

아버지는 동남쪽으로 낙동 농경단지를 향해 유리창 문들을 달고 당당하게 자리 잡은 신축건물을 바라보다 둘째 손자 환의 부축으로 층계 위 출입문 앞에 섰다. 건물의 양쪽 유리창 미닫이에서 반사되는 오후의 햇볕에 눈이 부셨는지 환과 함께 돌아섰다. 아버지의 표정은 밝고 당당해 보였다.

— 구도원(龜島苑)이라고 간판을 달아야겠다. 선영의 형님에게 받은 유산으로 사들인 섬을 네 엄마 뜻대로 고아원을 했으니까. 잃어버린 낙원을 되찾은 샘 치자.

그때 아버지는 장곡리 농경단지 멀리 구비 도는 낙동강을 바라보고 있었다.

— 아버지, 기념사진 한 장 찍읍시다.

환은 할아버지를 모시고 집 출입문 앞에 섰다. 아버지는 오른손에 지팡이를 짚고, 둘째 손자 환은 조부의 왼쪽 팔을 잡고 아득한 조산 아래 낙동강을 바라보았다. 나는 그 순간을 카메라에 소중하게 담았다.

문중 새 수문장의 등극을 선영께 고하는 것같이 보였다. 다시는 생전에 이 순간을 가질 수 없는 순간이었다. 나는 아버지와 하루를 지낸 후 환과 함께 오전 10시쯤 장곡리를 떠났다.

1992년 1월 23일 수요일

잠결에 전화벨이 울린다. 경북 상주 낙동면 장곡리 전화번호다. 새벽 5시쯤 오랜만에 매부의 목소리다. D대학병원에서 퇴원 후 처음으로 호흡곤란을 호소하신다. 나는 부산 동부터미널에서 상주행 버스로 오전 11시쯤 낙동리 버스정류소에 내렸다.

나는 버스 매표소 위쪽 전화 부스로 달려가 부산 부전동 3층 거실로 전화를 걸었는데 신호음만 들린다. 병원으로 전화했다. 집에 불이 났다고 한다. 다시 거실로 전화했다. 다윤 어미가 전화를 받는다. 떨리는 목소리다.

— 뒷집에서 불이 났는데 불길이 3,4층으로 번지고 있어요!

— 엄마 좀 바꿔요.

아내가 전화를 받는다.

— 여보, 거실 에어컨 옆에 ABC 소화전과 3층 현관의 것을 가지고 식당 방으로 가요. 뒷집 불난 정원을 향해 소화전 핀을 뽑아 노즐을 누르고 쏴요!

— 아비 왔어요.

— 아비에게 시켜요!

마침 아비가 휴가차 강원도 양구에서 내려왔다고 한다. 그리고 20분이 지난 후 이웃집 불길이 잡혔다고 한다. 병원 식당 방에서 창문을 열면 정원이 보였다. 그 정원에 가설한 알루미늄 옷창고는 화마로 골격이 녹아 제 형태를 잃었다고 한다. 아비가 휴가차 와서 다행이었다. 불길이 잡힐 무렵 소방차가 출동했으나 30평 가설 의류창고는 잿더미로 변해버린 뒤였다. 뒷집은 무소불위의 권력을 휘둘렀던 통일주체대위원의 주택이었는데 전세든 사람이 골동품 장사를 하려고 밤낮으로 조명을 켠 탓으로 가정용 전력에 과부하가 걸려 화재가 났다고 한다.

　　　　　　　　　　　　　　　　　제2부 洛東으로 가는 길

낙동리 도착 즉시 부산의 병원으로 전화를 하지 않았다면 뒷집 정원과 이웃한 병원 건물 또한 화재를 당했을 것이다.

김실경 씨 집에 갔다. 귀가 어두운 아주머니만 계신다. 점심을 먹고 장곡리로 가라고 한다. 서둘러 장곡리 고샅으로 들어섰다. 매부는 나를 보곤 바로 마당 쪽으로 들어간다. 마뜩찮은 일이 생겼을까. 나는 아버지가 기거하는 큰방으로 들어갔다. 아버지 가슴을 청진했다. 양쪽 폐 상엽에서 수포음이 들린다. 왼쪽 심실부위에서는 심장음을 들을 수 없다. 심낭과 폐포에 물이 차 있는 것 같다. 밤새 숨 쉬는 게 고통스러웠을 것이다. 그러나 혈압은 130/80이지만 맥박은 94/분으로 빈맥상태다. 집에서 준비해 온 10일분의 내복약을 조석으로 드시도록 했다. D대학병원에서 입원 중 맞았던 아미노피린 주사제를 수액제에 섞어 주사했다. 불안감을 없애려고 진정제와 기관지 근육 이완제도 주사 후 관찰했다. 30분이 지나서 아버지는 잠드셨다.

붓과 벼루가 놓여있는 거실 복판을 빼놓고 많은 화선지에 귀신 신(神)자 들이 사방 벽체에 걸려있다. 각 화선지 왼쪽 아랫단에는 백발의 자화상을 찍은 한 장의 사진들을 붙여놓았다. 아버지는 호흡곤란 증세를 일으키지 않았을 때는 신(神)자 쓰시기에 매달렸을 것이다. 시시각각 다가오는 운명의 신과 싸우고 계셨을 것이다. 문산에서 장곡리 선영 아래 구도원으로 돌아오신 아버지는 사신(死神)에 반항하고 계셨을 것이다. 그러나 언제까지

구도(龜島)를 아는가 ❷

시지프스의 운명의 바위를 산정을 향해 밀어 올릴 수 있을지. 나는 산정을 향해 밀어 올리는 아버지의 고통의 돌을 함께 숨을 몰아쉬면서 밀어 올리고 있다. 아버지와 나는 이승과 저승의 극한에서 시간의 유예를 벌고 있다.

아버지의 호흡곤란 증세가 호전된 것을 보고 나는 다시 내일 수술예약 환자를 위해 장곡리 집을 나섰다. 세모의 칼바람이 잿빛 낙동벌을 쓸어간다. 도보로 장곡리 콘크리트 농로를 빠져나왔다. 낙동리 버스정류소에서 3시 30분 대구행 버스를 탔다. 그러나 구미가 아니고 대구 달성군 현풍읍이다. 드문 인가에 차들만 칼바람을 긋고 간다. 나는 옷깃을 세우고 언덕 위 버스터미널에서 부산행 버스를 탔다. 문산에서 낙동으로, 부산에서 낙동으로, 상주적십자병원에서 장곡리로, 아버지와 함께 했던 여독(旅毒) 탓으로 발가락의 무좀이 극성을 부린다. 더구나 일요일이어서 차들의 정체가 심하다. 창녕 부곡을 지나 저물녘 부산 부전동 병원에 도착했다.

1992년 12월 24일 목요일

아침부터 온몸이 쑤시고 신열에 기침이 난다.

아버지의 환향(還鄉) 첫날밤에 장곡리 토담집에서 나타났던 백부님의 계시를 떠올렸다.

'네 아버지가 장곡리를 싫어하더라도 너에게 부탁한다'라고 나는 그날 밤 꿈을 선영의 묵시(默示)로 받아들였다. 그렇듯 나는 아버지를 선영에 모실 조상에 대한 소명의식에 잡혀 있었다. 허물어져 가는 가문을 바로 세우는데 올바른 판단을 내린 것이라고 생각했다. 1920년 낙동의 용근과 서울의 금녀가 한촌 낙동에서 인연을 맺고 전라도 목포로 가기까지 그 과정을 살펴보는 일은 나에게 주어진 숙명이었다.

4 · 19혁명 이후 한국은 경상도와 전라도에 이르는 장벽이 너무나 높았다. 경상도 사람들은 무조건 전라도 사람을 하시했다. 왜 그랬을까. 경상도 사람들은 언어와 풍습이 서로 다르지만 동쪽 경상도인은 서쪽 전라도인을 폄하함으로써 경상도인의 우월의식을 들어내고 싶었다. 그건 아마 국회에서 나 있음직한 다수당의 폭력 같은 것이었다. 나는 인생의 전반기를 전라도에서, 후반기를 경상도에서 살아왔다. 아버지와 어머니는 인생의 전반기를 서울과 경상도에서, 후반기를 전라도에서 지냈다. 그러나 나는 결코 경상도 사람이 될 수 없었지만 여전히 엄마는 서울 토박이요 아버지는 경상도 토박이를 자처한다. 부모님이 인생의 후반기를 전라도에서 우리들 가족들을 낳고 성장하였으므로 부모를 제외한 우리 가족은 전라도인임에 틀림없다. 그런데 왜 전라도인인 나는 경상도 토박이 아버지가 싫어하는 낙동으로 환향을 하지 않으면 안 되었을까. 아버지가 태어난 고향땅으로 엄마가

　　　　　　　　　　　　　　　　　　　구도(龜島)를 아는가❷

찾아갔다는 우연처럼 나는 비록 전라도에서 나고 성장하였지만 우리 가족을 있게 한 아버지의 고향과 선영을 찾는 일은 우리 조상들 모두 근본을 찾는 뿌리 깊은 조선 전래의 문중의식 때문이었을 것이다. 뿌리 없는 삶이란 줏대 없는 삶과도 같다. 자기를 있게 한 혈통의 토양을 찾았다는 자부심이 나에게 있었다. 그게 오늘 내가 살아 있다는 자부심인 것이다.

주≫

4) 뒷개는 주로 신안군 압해면 선착장에서 목포로 왕래하는 도선과 인근 섬 거주민의 전마선 등이 목포 북쪽 선착장 구실을 하여왔다. 목포 북항 개발 전의 인근을 '뒷개'로 불려왔다. 뒷개에서 가장 가까운 섬은 구례섬이다(龜島).

선영에
대한
소명의식

두 형은 아버지를 선영이 있는
낙동면 장곡리 집으로 모시는 일
을 꿈에도 생각해본 적이 없었다.
왜 내가 두 형이 거부했던 아버지의 환향을 고집해왔던 것일까.
가족을 데리고 외국 취업의 길 15일 전에 항공요금을 환불했
던 것은 단순히 아내의 반대 때문이었던 것은 아니었다. 큰누님
이 나에게 말했었다. "너는 아버지가 살아 있는데 왜 선영에 모
시는 일을 걱정하느냐" 하는 데에서 나의 회답과, 내가 아버지
를 선영에 모시려고 했던 일은 선영의 운명적인 계시였던 것이
다. 엄마가 경북 낙동에서 아버지를 만났다는 운명적인 인연에
서 비롯한 것이었다. 특히 전라도 화순에서 10년 세월을 보내는
동안 6남매를 키우다 백부님의 임종을 계기로 목포에 가서 나의
유년기 이후 인생의 후반에 나는 다시 아버지만은 낙동으로 모

셔야 하겠다는 소명의식 또한 나의 운명적인 믿음이었다.

　그러나 불운의 땅 전라도에서 아버지와 엄마가 이루어놓은 것은 무엇이었던가, 반문하지 않을 수 없다. 고독한 속죄의 10년 산골 생활, 화순에서 온몸으로 키운 6남매, 그리고 순천에서 낳은 막내딸과 함께 제대로 행복이라고 생각했던 결혼 생활은 아니었다. 두 형들 또한 제대로 인생을 살아온 사실은 없었다. 부모의 피를 받은 네 딸과 두 아들은 전라도라는 AB 토양 속 혈액으로 성장하여 각자 AB라는 토양 속 배우자를 만나 사는 동안 딸들은 부지불식간에 AB형으로 변질되어 버렸다. 나는 비록 유년기와 청소년기를 전라도에서 보냈지만 O형이라는 혈액형의 토양에서 성장한 아버지로부터 받은 나의 O형은 일찍이 거부반응을 일으켰던 것이다. 낙동면 장곡리의 토담집에서 백부님과의 꿈 속 회후는 조상이 나에게 내린 계시였다.

　엄마는 딸들의 신랑감 선택의 기준은 두 가지였다. 하나는 당사자 딸의 능력과 합당해야 하고, 성격이 허황되지 않고 착실한 사람이어야 했다. 딸들을 출가시킨 당시만 해도 집안의 모든 경제권은 엄마로부터 나왔었다. 그러므로 외려 딸들의 사윗감은 엄마에 대하여 고분고분한 옛날의 아랫사람을 부리는 수준의 신랑이면 족했을 것이다. 더구나 1943년과 1945년의 우리나라는 생존을 위한 의식주를 해결하면 모든 것은 다 그만이었다. 딸들을 출가시켰다 하지만 딸들과 신랑들은 생계를 해결하려고 다시

　　　　　　　　　　　　　　　제2부 洛東으로 가는 길

아버지와 엄마에게 고용되지 않을 수 없었다. 더구나 일제강점기에 서울로 유학 보냈던 둘째 누나는 서울에서의 학업을 거부하고 다시 목포로 내려왔다. 팔자소관이었다. 참으로 이상했다. 학교 통학을 거부한 딸에게 최상의 대책으로 시집을 보냈지만 남편과 딸은 다시 친정에 취직한 꼴로 친정 일을 봐야 했다. 둘째 매부 또한 중학교를 중퇴하였으므로 취업할 수 없었고 자기 형과 함께 목포시 본정통에서 선구점을 꾸려나가고 있었다. 그러던 중 처가에 얹혀살게 되었다. 큰누나도 마찬가지였다. 순천 농고 출신인 큰매부는 결혼 후 폐결핵으로 인해 구례섬에서 요양 중 사망했다. 딸들은 어머니와 아버지의 큰 우산 아래 모였다가 모두 빠져나갔다. 엄마가 죽교동 92번지에서 구도재생원을 운영할 무렵 출가한 딸들은 모두 엄마 아래로 식솔들을 데리고 들어왔지만 둘째 형에게 구도재생원을 명의 이전하자 부모 아래서 집사 생활을 하던 큰누나와 둘째 누나는 죽교동에서, 용섬에서 퇴출당했다.

딸들은 그들의 생계수단으로 가솔들을 데리고 부모님 터전으로 모였지만, 부모가 구도재생원을 둘째 형에게 이전 후 큰형을 구도재생원 이사직에서 사임서를 제출받았다. 둘째 형은 죽교동 92번지 터전에서 살았던 큰누님의 가족들을 쫓아냈다. 또 용섬에서 목장을 하며 살았던 둘째 누나는 큰형에게서 쫓겨났다. 부모님의 경제권은 급전직하됐다.

처가에서 발붙일 데가 없어진 둘째 매부는 30여 전 서울로 올라갔었다. 그는 처가살이할 때 고아원에서 집사로 지냈던 일을 돈으로 받고자 손해배상 조로 장인에게 청구할 속셈이었는데 아버지가 문산에서 낙동으로 옮긴 일을 호재로 삼았다.

— 너 조심해라. 어느 땐가는 네 등에 칼을 들이댈지도 모른다.

둘째 형은 둘째 매부의 아버지 간병을 경계했다. 둘째 형의 충고가 있고부터 나는 그의 인상을 보았다. 뚝심 있고 사려 깊어 보이지 않았고 질문 끝에 싫다 좋다 대답을 하지 않았다. 실낱같은 눈살은 게슴츠레하게 보였다. 가느다란 눈꼬리는 아래로 쳐져 있고 얄팍한 입술은 무엇을 물어보아도 그저 고개만 끄덕거릴 뿐이었다. 태도가 분명치 않는 모사(謀事)스런 인상을 하고 있었다.

— 내가 글쎄 가슴이 답답해서 부산에 전화하라고 하니까 내 손목을 비틀었어야……

아버지는 장곡리 새집에서 뜬금없이 나에게 말했었다. 매부는 정말 그랬을까. 매부는 사람들이 잘 보는 곳에다가 성서와 십자가가 달린 묵주를 정돈하여 둔다. 누가 보아도 그를 처음 대하는 사람은 독실한 천주교 신자로 생각한다. 그런데 그는 정말 아버지의 손을 비틀었을까.

아내는 시아버지 간병을 위해 당부했다.

— 고모부님, 늘 마음 쓰게 하시어 죄송해요. 매주 잡비로 20

만 원 드릴게요. 아버님 잘 부탁합니다.

둘째도 장곡리를 찾아와 할아버지의 변기를 만들어주곤 고모부에게 이렇게 말했다.

— 고모부님 수고하십니다. 용돈으로 쓰세요.

그러면서 한 달에 두 번은 장곡리에 들러 그에게 예의를 갖추었다.

1992년 12월 26일 오후 6시쯤이었다. 김실경 씨로부터 전화다. 신축공사 마무리 작업 중이었던 아내가 코피를 쏟고 있다고 한다. 휴가 기일이 남아있는 아비에게 부탁했다. 지혈제와 조혈제, 그리고 수액제를 준비하여 오후 7시 부산 부전동 병원에서 낙동으로 출발했다. 아내의 비출혈은 과로 탓이었다. 아비는 양구에서 휴가차 왔지만 한 번은 병원 뒷집의 화재로, 또 한 번은 엄마의 비출혈로 장곡리를 다녀왔다. 아내는 낙동에서 부산으로 오는 도중 빈혈로 쓰러질 번했다. 그때 수녀의 도움으로 택시를 타고 집으로 왔다.

장곡리
살을 에는
새벽길

1993년 1월 10일 일요일

새해를 맞아 아버지를 찾았다.

나는 부산 동부터미널에서 오전 10시 10분발 상주행 버스를 탔다. 오후 4시쯤 낙동우체국 건너편에 내렸다. 김실경 씨에게 전화를 했다. 고샅 초입 그의 집에 들렀다. 사온 소고기 등심을 한 뭉치 드렸다.

— 김 선생, 아버님으로 인해 심려 많습니다.

— 할부지는 요즘 아주 건강해여.

다행이다. 나는 황량한 장곡리 농경단지로 뚫린 콘크리트 농로를 걸었다. 경운기 한 대가 다가오고 있다. 60대 노인과 수인사를 나누었다. 장곡리 집 입구엔 전에 없었던 비닐하우스가 보인다. 장곡리 집에 도착했다.

자정쯤이었다. 아버지의 호흡곤란 증세는 잦아들었다. 가슴

청진에서 수포음도 안 들린다.

1월 11일 새벽 1시다. 방바닥은 따뜻하다. 온수 보일러가 돌아가고 있지만 창문 바깥바람이 매섭다. 거실 건너에서 출입문 소리가 들리고 선영으로 뚫린 창문 여는 소리가 들린다.

— 아버지! 어머니! 형님!

아버지께서 외치는 목소리가 들린다. 아버지는 북쪽 뒤안 대나무 숲 너머 선영을 향해 소리치신다. 선영을 향해 초혼(招魂)하듯 조상의 이름을 부르신다.

— 막내가 나를 이곳으로 인도하였습니다. 삼자를 보호해 주십시오! 사위가 나를 봉양하고 있습니다. 돌봐주십시오!

아버지는 주위 사람을 의식하듯 큰소리로 외친다. 잠시 뒤 아버지의 고함 소리가 다시 들렸다.

팔목의 전자시계는 새벽 3시를 가리키고 있다.

— 아버지! 어머니! 용근이가 왔습니다. 삼자의 인도로 어머니 곁에 왔습니다. 삼자의 자손들을 보호하여 주십시오!

아버지의 고함 소리에 잠이 달아났다. 나는 아버지의 서예전 원고를 교정했다. 아버지와 함께 아침 식사를 마쳤다. 새벽 5시다. 창밖은 아직도 칠흑이다. 아버지에게 정리한 원고를 보였다. 추가할 문구를 화선지에 쓰신다. 그리고 D대학병원에서 퇴원 후 둘째가 운전하고 아내와 내가 승용차편으로 모시고 장곡리에 도착, 신축한 집의 층계에서 둘째와 함께 낙동벌 조산을 바라보며 찍었던 사진을 삽입해 인쇄하라고 하셨다. 인쇄할 팸플릿 내용은 다음과 같았다.

장곡리 신축 '구도원(龜島苑)'
각암 선생님, 손자와 함께
경북 상주군 낙동면 장곡리 568
별장에서 근영

신선지도(神仙之道)의 사상과 생명론(生命論)

"신선사상은 천지인(天·地·人)의 일체정신을 말한다. 실제로 천·지의 기운(氣運)을 터득하여 이것을 몸속에 불러들이면 막혔던 혈맥들은 마치 봄기운을 맞이하여 삼라만상이 소생하듯 생명력을 얻어 심신의 질병을 치유한다.

흔히 말하기를 인명은 재천이라고 한다. 각암(覺庵) 정재현 옹(翁)은 현재 92세로 성 콜롬방병원과 가톨릭강남성모병원에서 심부전(心不全)의 진단을 받았지만 지금까지 천수(天壽)를 누리며 건강하게 생활하고 계신다.

옹(翁)이 주장하는 신선도는 단전(丹田)의 복식호흡을 통하여 천지기운을 몸속에 상통시켜 아령의 연동단속의 호흡운동을 통하여 심장 호흡을 일으켜서 이미 복식호흡으로써 불러들인 생명 에너지의 감응을 한층 더 높여, 내 기운이 천지기운이요, 천지기운이 내 기운이다, 라고 되풀이 말하면 수명 장수함은 물론 타인의 질명을 치유할 수 있다.

　신선도에 이르는 천지인의 운기(運氣)에 대한 신묘한 도의 이치를 깨달으면 심신은 천지신명과 함께 운동하여 육신은 합일하고 천기와 지기가 합일하여 혼연일치가 된다. 그러므로 정충기장신명(精充氣壯神明)하여 신선도에 이르는 혜안이 열린다. 이로써 천지인의 우주기운이 숨 쉬는 일필단전(一筆丹田)으로 투영된 신묘한 폐목(閉目)의 신필(神筆)이 탄생 된다.

　감히 타인들이 모방할 수 없는 일필단전의 폐목신필서는 무아경(無我境)에서 분출하는 翁의 영혼의 운기(運氣)가 꿈틀거리는 신묘폐목서이다, 이는 분명 탈규법적 서체이다. 그러나 목격자의 운기에 따라 감응 또한 다양하다."

〈신선도 수련 요체(要體)〉

　1. 아령들기(천지의 우주기운을 호흡한다)

　2. 柔道 落法(심장 폐기능을 강화한다)

　3. 신선보행(발끝이 땅에 닿도록 하여 걷는다)

　4. 신선 폐목으로서 천지신과 대화한다.

　5. 신선식사(오래도록 타액과 함께 저작하고 白麵(메밀국수))를 한다.

　― 문하생

나는 아버지에게 인쇄할 원고를 보여드리고 떠날 차비를 했다.

　— 아버지, 매부가 오전에 도착하지 못할 수도 있으니 점심때 상에 차린 죽과 음식을 드신 후 약봉지 내복약을 드세요. 몸이 이상하면 김실경 씨에게 도움을 청하세요. 그러면 제가 다시 오겠습니다. 현재로는 아무 이상 없습니다.

　나는 아버지를 홀로 두고 떠나려고 하니 발길이 떨어지지 않는다. 출입문을 나서려는데 부르신다.

　— 애야, 밤에는 나를 해치려는 사람이 있어. 밤에는 네 매부를 불러도 대답을 안 하기 때문에 부저를 설치하도록 해라.

　— 그렇게 하지요.

　아버지와 매부 사이에 갈등이 있는 것 같다. 가족을 부양할 능력을 상실한 매부는 집에 있으나 처갓집에 있으나 불만족스런 일뿐이다. 아내는 매부의 심정을 헤아려 용돈을 드린다. 심통이 나면 이삼 일 서울로 올라간 후 다시 내려오곤 했다. 아직도 창밖은 칠흑 같다. 나는 토담집 헛간에 세워둔 자전거를 마당으로 끌고 나왔다.

　— 아버지! 갑니다. 무슨 일이 있으면 전화하세요! 김실경 씨에게도요!

　거실의 창문이 열렸다. 아버지의 초췌한 모습이 보인다. 나는 마당 초입 콩밭에 자전거를 세웠다. 손전등으로 창문을 향해 떠난다는 신호를 보냈다. 아버지의 양손 그림자가 창문에 확대 되어 나를 향해 신호를 보내고 있다.

— 아버지, 빨리 올게요.

나는 버스정류소를 향해 자전거 페달을 밟았다. 매서운 새벽 바람은 귀와 입언저리를 마비시킨다. 방한 후드를 썼다. 장곡리 산자락 아래에는 아직도 조그마한 등불이 켜 있다. 낙동리 고샅 초입 김실경 씨 집의 대문으로 들어섰다. 인기척 소리에 아주머니가 나온다.

— 아침 드시고 가시라요. 올라 오시라요.

— 장곡리에서 아버지와 함께 하고 왔습니다.

— 차라도 한 잔 하시고 가시지요.

인정 어린 아주머니는 자꾸 먹을 것을 권하다. 무뚝뚝한 경상도 아주머니답지 않게 살갑다. 아직 15분의 여유는 있다. 믹스 커피 한 잔에 새벽 한기를 쫓아낸다.

— 김 선생님 매부가 오후 1시까지 이곳에 도착하지 않으면 장곡리 아버님 좀 부탁합니다.

어느덧 낙동벌 조산 넘어 분홍빛 동이 트고 있다. 대구행 버스가 도착했다. 나는 김실경 씨를 향해 작별의 손을 흔들었다. 지난해 비 오던 날의 저녁 무렵 그를 처음으로 낙동리에서 만났다. 나는 그날 이후 그에게서 낙동에 관한 많은 사연들을 들었다. 엄마가 농촌계몽차 왔었던 이곳에서 김규선에게서 들었던 민며느리의 무덤이 옥관[5]에 있다는 사실을 들었다. 아버지가 왜 문산의 이 상사 집을 고집하는지 어렴풋이 짐작이 갔다. 아버지는 상주 서당을 오가며 선산의 민며느리에게 들렀을 것이라는 추측도 해보았다. 어느 날 아버지는 탁이 어미에게 이렇게 말했다.

— 내가 그 사람 무덤을 찾아가 움막을 쳐놓고 사죄를 해야 한다.

아버지는 처음으로 막내며느리에게 고백했다. 그러나 나는 엄마와 아버지에게서 그동안 민며느리가 있었다는 이야기를 한 번도 들어본 적이 없었다.

낙동리의 새벽 버스 안은 발가락 끝이 시리다. 버스는 구미를 지나 대구 북부터미널에 도착했다. 오전 8시 5분이다. 아내에게 전화를 했다.

— 여보 대구에 왔소. 아버지 호흡곤란 증세는 좋아졌소. 매부는 낙동에 아직 안 내려왔는데 소식 없소?

아직 그의 소식이 없다고 한다. 나는 버스터미널 구내식당에서 우동 한 그릇을 비웠다. 우동집 건너 간이 서점에서 조병화 시인의 시집 한 권을 샀다. 시 한 편이 내 눈을 끈다.

공존의 이유 12

깊이 사귀지 마세

작별이 잦은 우리들의 생애

가벼운 정도로
사귀세

악수가 서로 짐이 되면
작별을 하세

어려운 말로
이야기하지 않기로 하세

너만이라든지
우리들만이라든지

이것은 비밀일세라든지
같은 말들은
하지 않기로 하세

내가 너를 생각하는 깊이를
보일 수가 없기 때문에

내가 나를 생각하는 깊이를

보일 수가 없기 때문에

내가 어디메쯤 간다는 것을

보일 수가 없기 때문에

작별이 올 때

후회하지 않을 정도로 사귀세

작별을 하며

작별을 하며

사세

작별이 오면

잊어버릴 수 있을 정도로

악수를 하세.

　정을 너무 많이 쏟으면 헤어질 무렵 눈물 뿌리니 그때를 생각
하여 정을 주지말자, 라는 내용이다. 잠시 만났다 헤어지는 정거
장의 사람들처럼, 때가 되면 어련히 헤어지는 사람처럼 아무도
나와 주지 않는 이방인의 떠남을 홀로 느끼는 정거장처럼 정을

주지 말자는 삶은 가능할까.

오전 11시 지나서 버스는 부산 동부터미널에 도착했다.

5) 경상북도 구미시 옥성면 옥관리. 낙동강을 오른쪽으로 낀 옥성면의 옥관리를 지칭
함. 남쪽으로 선산읍이 위치하고 있음. 나는 어머니의 일기에서 민며느리는 선산에서
별거생활을 하였다는 기록밖에 몰랐다. 처음으로 김실경 씨에게서 옥관에 민며느리의
무덤이 있다는 사실을 들었음. 그 옥관에는 엄마를 만나기 전 아버지 어릴 적 민며느리
의 가슴 아픈 사연들이 있을 것이다.

고독한
선영 가는
길

1993년 1월 23일 토요일 음력 설날이다. 아버지를 찾아 홀로 상주행 버스를 탔다.

선영을 찾는 일은 지금 나를 이 세상에 있게 했던 원초적 본능을 회상하기 위한 행동이다. 같은 혈통이지만 각자 자기를 있게 한 부모님에 대한 태도는 판이했다. 두 형은 전혀 조상에 대한 어떤 가치관이 없었다. 그저 부모가 쌓아올린 궤적에서 자기들 아성을 쌓아올리기에만 급급했었다. 조선 전래의 문중이라든지 혈통의 중요성을 파기했던 사람이었다. 그러므로 부모로부터 이어지는 자기 혈통을 부인하는 상태였다. 나는 어디까지나 아버지와 어머니의 혈통을 받은 사람이다. 그러나 내가 자랐던 토양은 황톳길 전라도 땅이다. 화순 순천, 그리고 목포. 목포는 나의 유년기를 거쳐 청소년기에 이르기까지 전라도의 자양을 흡수하여 성장한 전라도 산(産)이다. 그런데 오늘의 나를 있게 한 전라도를 버리고 왜 아버지의 고향을 고집하는가. 그렇다고 내가 아버지를 선영에 모셔 와 선영 아래 집을 짓고 아버지를 모시게 했다고 해서 아버지가 잊고 있었던 6십여 년 동안의 시간을 되돌릴 수 없지 않는가. 사실은 그랬다. 그렇지만 나는 정씨 문중임은 틀림없다. 백부님의 50세 임종 때 나는 가회동 사랑채에서 어린 나이에 백부님이 아버지에게 문서를 준 것을 기억하고 있다. 엄마와 아버지 그리고 나. 백부님이 아버지를 통해서 엄마에게 준 5천 석은 백부님이 50평생 모았던 재산의 절반이었다. 하지만 종갓집인 백부 종손은 일찍 사망했다. 네 종형 중 마지막 넷째만 생존하고 계시는데 소식을 끊고 선영을 돌보지 않고 있다. 이젠 작은집 아들 삼 형제 중 막내만이 선영을 돌보고 있다. 내가 선영을 찾는 것은 조상의 뿌리를 보존하는 사명의식 때문이다. 비록 가족은 전라도라는 토양에서 자랐지만 아버지의 조상은 분명 경상북도 낙동면 장곡리 선영으로부터 면면히 이어지고 있다. 그러므로 나는 선영의 조상을 위하여 찾아가는 고독한 선영 길일 수밖에 없다.

　나는 설날 아침 고향을 찾는 버스 승객들 틈새에 끼어 입석으로 구미에 이르러 자리를 차지했다. 버스는 비좁은 국도를 구비 돌아 비탈길을 내려가는 무렵이었다. 왼쪽 들녘 건너 나지막한 산자락 아래 하얀 슬래브를 얹고 있는 외딴집 한 채가 보였다.

　　　　　　　　　　　　　　　　　　　　구도(龜島)를 아는가 ❷

아내는 두 시숙과 종가의 사촌이 생각지 못했던 조상의 선영 아래 산지기 집을 사들여 부모님의 원력으로 이룩한 장곡리 집을 완공 후였다. 넷째 종형은 해운대 조선비치호텔에서 나를 보자고 했다. 그때 나는 생각했다. 사촌이 땅을 사면 배가 아프다는 말은 들어봤지만 선영 아래 사촌이 산지기 토담집을 사들여 집을 헐고 새집을 지어 배가 아프다는 말은 들어본 적이 없었다. 산지기 집이며 선영으로 가는 길목의 논밭 등 500여 평은 아버지 이름으로 되어 있었다. 백부님은 아버님 지분의 땅과 큰집 지분의 땅의 경계선과 선영 땅을 큰집과 한데 묶어놓았으므로, 종가라고 주장하는 넷째 종형은 종갓집 땅이라고 주장할 수 없었으므로 함께 배가 아파할 사람은 둘째 형밖에 없었다. 둘째 형은 사촌 종형을 시켜 나를 압박하려고 했지만 둘째 형은 이미 부모님의 속죄의 섬이었던 구례섬을 매각했을 뿐만 아니라 사단법인 구도재생원에 편입 안됐던 죽교동 92번지의 부모님 사유재산을 상속 분배도 없이 독식하였으므로 삼자인 막내에게 재산권을 주장할 자격이 상실된 상태였다. 그러므로 사촌이 땅을 사면 배가 아팠던 게 아니라 둘째 형이 배앓이를 하여 사촌 종형과 연대, 나를 겁박하였던 것이다. 넷째 종형은 인사차 찾아갔던 나에게 여비에 쓰라고 준 100만 원을 받고 아무 말 없이 사라졌다.

나는 낙동리에 도착하여 공중전화 부스로 가려는데 김실경 씨 부자가 내 앞을 지나간다.

― 새해 복 많이 받으세요. 김 선생님에게 전화하려던 참인데 어디 다녀오십니까?

― 성묘 다녀옵니다. 잘 만났습니다. 아들 차로 장곡리로 올라갑시다.

장곡리 고샅 초입에 내린 나는 홀로 아버지가 계신 방으로 들어섰다. 세배를 올린 후 매부와 함께 선영으로 올라갔다. 분명 아버지가 이곳에 계신다는 사실을 알고 있으면서 두 형들은 아버지의 병세나 안부는커녕 세배는 생각해 보지도 않았을 것이다. 나는 매부와 함께 아버지를 모시고 선영으로 올라갔다. 맨 위 묘소 앞에 돗자리를 깔았다. 아내가 준비한 북어, 사과, 감, 대추, 배, 산채, 떡을 조부님 묘상에 차렸다. 조부님께 소주 두 순배를 올리곤 묘의 뗏장 잔디에 뿌렸다.

― 조부님, 아버지를 선영 아래 집을 지어 모셔왔습니다. 저희들을 대신하여 매부가 아버지를 돌보고 있습니다. 순태 형은 미국에 가 계시고 저희 두 형은 전라도 신안보육원 어머님 묘소를 찾아가 볼 것입니다. 정씨 문중을 대표하여 제가 조부님께 세배 드립니다.

조부님 묘소 아랫단의 외딴 묘소로 내려가면서 지난해 선영을 처음 찾았을 때 김실경 씨의 설명을 떠올렸다. 조모님이 작고하시자 백부님의 소작인들과 지관이 담합해서, 선영의 지혈이 흘러내리는 땅의 기를 받으려면 아래쪽에 묘를 써야 한다는 말을 듣고 외따로 조모를 아래에 모셨다고 말했다. 김실경 씨는 이에 덧붙여 백부님 당대에 치부했지만 작고 10년 후 장남이 사망했고 뒤이어 차남이 세상을 떠났다. 마지막으로 넷째 형이 남았지만 미국 생활로 재산을 탕진하고 자식들과 다른 조카들마저 60세를 넘어 선영을 멀리하게 됐다고 한다. 이 사실은 큰집이나 작은집 자식들 모두에게 해당된다. 잘되면 자기 탓이고 못되면 조상 탓이라고 했다. 정씨 문중을 두고 한 말이다. 작은 집안만 해도 그랬다. 가문의 귀중함을 생각하지 않고 책임 없는 행동을 일삼다가 자기가 서야 할 자리를 잃어버린 것이다. 다행이도 나는 아버지의 근면함과 엄마의 집념과 근검이 몸에 밴 피를 받고 태어난 덕으로 아버지 생존 시에 선영에 함께 올라올 수 있는 음덕을 입었음에 조상에 감사드린다.

　짧은 겨울 해에 쫓기면서 나는 차 한 대가 들어갈 수 있도록 장곡리 집으로 들어가는 비포장 농로 500미터를 정지작업했다.

　오랜만에 허리를 굽혀가며 삽질을 한 탓인지 몸이 쑤신다. 남동쪽으로 난 미닫이 유리창을 열었다. 낙동벌 너머 활의 시위처럼 원을 그리며 뻗어난 25번 국도엔 차들의 전조등 행렬이 꼬리를 물고 있다.

　아버지를 돌보던 매부는 어제 서울로 갔고 아버지와 둘이서 음력 초하루를 샜다.

1993년 1월 23일 토요일

새벽 2시다. 청소를 마치고 아침 식사를 준비했다. 어제 부산 집에서 아내가 아버지를 위해 은박지에 포장하여 가져온 양념쇠고기 재운 것을 냉장고에서 꺼냈다. 이것으로 스프를 끓이고 밥을 넣어 죽을 만들었다. 아버지와 함께 아침 식사를 하고 설거지를 마친 후 아버지의 건강을 진찰했다. 모든 게 정상 범위다. 그리고 점심상을 차려놓았다.

— 매부가 내려올 겁니다. 숨이 답답하거나 하면 바로 연락하세요. 다시 올게요.

나는 아버지와 작별인사를 나누었다. 장곡리는 아직도 어둠에 싸여있다. 바람이 매섭다. 한쪽 손으로는 손전등을, 다른 한 손으로는 자전거 핸들을 잡고 장곡리 농로를 달린다. 마치 보채는 아이를 달래놓고 떠나는 엄마의 심정이다. 새벽 6시 10분 낙동리에 도착했다. 김실경 씨를 만나 보일러 기름값을 주었다. 6시 30분 대구행 버스로 대구 북부터미널에서, 다시 부산행 버스로 부산 동부터미널에 11시쯤에 도착했다. 장곡리 아버지에게 전화를 했다.

— 네 매부가 왔는데 보일러가 안 돌아간다.

매부를 바꿔달라고 했다.

— 서울엔 아무 일 없구요? 냉동실 은박지에는 양념해서 재운 고깁니다. 밥을 넣고 스프를 끓이면 됩니다. 보일러는 김실경 씨

에게 좀 봐달라고 하세요. 아버지는 어떻습니까?

― 별일이 없으시네. 보일러에 석유는 넣었는가.

― 오늘 아침 낙동 김실경 씨에 들러 석유 두 드럼 값을 드렸습니다. 무슨 일이 있으면 연락해 주세요.

이웃 동내 드나들 듯 나는 낙동에서 부산으로 왕래했다. 네 시간의 원행을 일상의 한 부분처럼 계속해 온다. 며칠간 장곡리에서는 별 탈이 없었다.

1993년 1월 9일 토요일

오늘은 나의 60세 회갑이다.

'당신은 무엇을 위해 60 고개에 와닿았는가.'

자문한다.

정신은 다른 데 놓아두고 살아오다가 어느 날 돌부리에 걸려 잠시 멈추곤 뒤돌아봤다. 아직 올라가야 할 험준한 산세 앞에서 우두망찰한다. 해는 저물기 시작하고 갈 길은 아직 멀다. 오늘에 이르기까지 즐거웠던 기억은 없고 괴로웠던 나날만 생각난다. 벌써 인생의 절반을 넘어 섰다. 눈을 부릅뜨고 비로소 남은 시간의 귀중함을 깨닫는다. 인생의 반환점, 회갑은 바로 걸어온 발자취를 되돌아보는 회귀점이다. 나는 이제 영원의 피안彼岸을 준비해야 한다.

모방할 수 없는
일필단전의
폐목신필서

1950년 8월 초순, 낙동강 방어전선을 구축했던 한국 제1사단과 미 기갑연대는 칠곡의 낙동강을 사이에 둔 '다부동 전투' 혈전으로 남한의 적화를 막았음은 물론 대한민국 기사회생의 인천상륙작전을 가능케 했다. 8월 15일 수안보 온천에서 부산 함락의 축배를 장담했던 김일성의 망상은 수천 명의 인민군 사상자를 남한의 산야에 버려둔 채 도망쳤다. 그 무렵 장산도로 피난 갔었던 아버지와 나는 지방 자위대와 내무서원, 인민군에 끌려가 감금된 지 10일 만에 장산도 탈출에 성공했었다.

그날 이후 아버지의 서체는 규격화된 서체와 전혀 다른 폐목서를 탄생시켰다. 눈을 뜨고 글을 쓰면 무의식적으로 손놀림에 자위적인 행위와 잡념이 들어간다. 아버지는 쓰시고자 하는 글

구도(龜島)를 아는가❷

을 눈을 감고 형상화하신다. 어느 순간 무아경에 빠지면 형상화된 아버지의 폐목서는 손끝에서 화선지로 쏟아진다.

　1950년 6월 24일이었다. 내 나이 17세였다. 엄마는 목포 방첩대에 연행되었고 방첩대 3층에서 투신했다. 그리고 아버지는 유도 제자의 연락을 받고 방첩대 지하에서 왼쪽 발목 골절상을 당한 엄마를 차에 싣고 차남수외과의원으로 옮겨 깁스 후 구도(구례섬)를 거쳐 용출도(용섬)에서 6·25전쟁의 환난을 겪었다. 아버지와 나는 엄마를 홀로 두고 난바다로 피난길을 떠난 후 생환하기까지 그 당시를 떠올렸다.

　1950년 6월 24일 아침이었다.

　6월 23일 서울역에서 대전역을 거쳐 6월 24일 새벽 목포역에 도착한 엄마는 서울 돈암정 둘째 형과 셋째 누나의 학교 소식을 들을 시간도 없이 집에 도착 후 평소 입고 다니던 몸뻬바지에 흰 고무신 차림으로 건장한 두 사내를 따라나섰다. 그리고 1950년 6월 25일 아침을 맞이했다. 아버지의 유도 제자에게서 급박한 소식을 들었다. 인민군이 서울을 침공했고 사모님은 방첩대 3층에서 투신했는데 지금 지하에 있습니다, 라고 알려 주었다. 청년의 전갈대로 방첩대 지하실로 갔다. 상처투성이 피해자들 중에서 나는 왼쪽 발목 골절을 입고 방치된 엄마를 찾아냈다. M경찰서 소속의 아버지 유도 제자는 피난길 와중에도 지프차편으로 엄마를 호남동에 위치한 차남수외과의원으로 모셔 갈 수 있었다. 뒤에 안 사실이지만 방첩대에서 엄마의 임시정부 김구 주석의 대한부인회 활동을 이유로 좌익분자의 밀명을 띠고 서울에서 목포로 내려왔다는 추측성 이유였다.

들것에 실린 엄마는 뒷개에서 전마선으로 구도(구례섬) 병풍바위 선착장으로 옮겨졌고 산정 원아들 숙소 옆방으로 엄마를 모셨다. 목포를 다녀온 아버지는 M경찰서를 접수한 북한 정치보위부 내무서에서 구례섬을 접수한다는 소식을 듣고 신안군 장감리 용출도(용섬)로 엄마를 전마선에 태워 용출도의 동쪽 선착장으로 옮겼다. 엄마가 누운 등침대는 6명의 장정들 어깨에 옮겨졌고 두 칸 방에 부엌이 딸린 외딴 기와집으로 옮겼다. 차남수외과의원에서는 왼쪽 발목의 골절 부위를 석고 깁스로 고정됐을 뿐, 엄마는 고열로 인해 헛소리를 냈다. 나는 집 너머 동굴 속 지하수의 찬물에 타월을 적시어 엄마의 이마와 가슴팍에 갈아대곤 하면서 날밤을 새웠다. 침대 위로 높이 매달아 놓은 엄마의 왼쪽 다리도 차츰 낮아지고 몸을 가눌 수 있을 만큼 차도가 생긴 7월 하순 무렵이었다. 엄마가 심었던 감자밭으로 간 나는 땡볕 황토밭에서 감자를 캐고 있었다.

그때 용머리 선착장에서 발동선 소리가 들렸다. 이윽고 검정 제복의 사내가 황톳길 이쪽으로 다가오고 있었다. 모자를 눌러 쓴 사내는 나에게 다가섰다. 한순간 불안과 긴장감이 나를 덮쳤다. 그러나 사내의 얼굴에는 미소가 번졌다.

— 아버지 계서?

— 아니요.

— 엄마는 좀 어떠시냐?

그가 물었다.

— 누구세요?

내가 물었다.

— 왜, 목포 북교동 집에 가끔 들렀던 아버님 유도 제자 인국이다.

그는 덤덤한 표정으로 말했다.

인국이? 나는 언젠가 아버지에게서 들은 바 있었던 유도 제자의 이름을 떠올렸다. 그 청년을 엄마의 병상으로 안내했다. 엄마는 둘째 형을 대하듯 그 청년에게 말을 놓았다. 뒤에 안 사실이지만 엄마는 아버지의 유도 제자라는 인국이는 목포 내무서장이라고 말했다. 구례섬에 가 계신 아버지를 만나지 못한 채 그를 태운 발동선은 압해면 선착장으로 사라졌다.

그리고 8월 초순 새벽이었다. 엄마는 나의 여름 바지 오른쪽 속주머니에 쌍 금가락지를 넣곤 바늘로 꿰맸다.

— 시국이 불안하다. 아버지와 함께 심중하게 행동해라. 위급할 때 아버지한테만 알리고 절대 옷을 벗지마라.

아버지는 엄마에게서 인국이라는 청년이 찾아와 신변의 안전을 위해 피신을 종용하고 다녀갔다는 소식을 들었지만 자신은 평생을 고아들의 육영에, 청년들의 유도를 통한 개도밖에 몰랐으므로 타인의 일로 일축했다. 그러나 엄마의 설득으로 아버지는 피난길에 나설 준비를 했다. 인구와 용하는 용출도 뱃머리에 전마선을 대기시켜 놓았다.

8월 초순 동틀 무렵이었다. 외딴집에 엄마 홀로 두고 미지의 바닷길을 떠나는 나는 두려움에 가슴이 미어졌다. 우리 일행은 용출도 뱃머리를 떠났다. 희뿌연 안개가 걷히고 목포시의 뒷개(북항)와 구례섬, 용출바위를 뒤로하고 산자락 아래 외딴 기와집이 차츰 멀어져 가자 가슴에 불안이 찾아들었다.

서쪽 바다 저편으로 해가 기울어질 무렵이었다. 아물거리며 길쭉한 선착장이 보이기 시작했다. 나의 가슴은 또다시 두근거렸다. 전마선의 노 젓는 소리가 잦아들었다. 다가가는 선착장 위로는 삼삼오오 팔에 붉은 완장을 두르고 죽창 쥔 자위대원들, 말로만 전해 들었던 인민군이 겨드랑이에 낀 따발총부리가 나를 향하고 있지 않은가. 가슴은 떨리고 입에 침이 바짝 말랐다. 아저씨들의 노 젓는 소리가 다시 들리고 뱃머리를 되돌리려는 순간이었다. 선착장에서 호루라기 소리가 들렸다. 아아, 아버지는 엄마를 홀로 두고 무단히 저 빨갱이 소굴로 찾아 나섰단 말인가. 이제 우리는 제발로 범굴에 찾아든 꼴이 되었다.

연거푸 불어대는 호루라기 소리는 우리를 꼼짝없이 포박하려는 위험신호로 들렸다. 전마선의 노 젓는 소리가 뚝 그쳤다. 선착장 위 인간들은 마치 먹잇감을 발견한 맹수처럼 한 치의 틈새도 놓치지 않고 이쪽을 노려본다.

— 저쪽 선착장으로 배를 대라. 겁먹지 말고 평소대로 움직여라.

넘실대는 망망대해에서 우리는 지쳤고 허기져 있었다. 겁먹지 말라는 아버지 목소리는 두근거리는 나의 가슴을 좀 가라앉힌 것 같았다. 뱃머리가 선착장에 닿았다. 두 아저씨는 닻을 내리고 선착장으로 올라가 로프를 둥근 쇠기둥에 둘러맸다. 뒤이어 아버지가 선착장으로 올라갔다. 선창에서 일어난 나는 뭍으로 오르려고 한쪽 다리를 올리는 순간이었다.

— 동무, 정지!

인민군은 나를 향해 따발총부리를 겨눈 채 전마선 선수 쪽으로 껑충 뛰어내렸다.

— 학생이우.

— 네에……

나는 두려움에 목이 잠겼다.

— 신분증 내보이라우.

바지 호주머니에서 패스포트를 꺼내어 인민군에게 건넸다. 날카로운 눈초리로 내 얼굴과 신분증의 사진을 번갈아 보던 그는 선착장에서 이쪽을 내려보고 있던 검정 인민복 차림의 사내에게 손짓했다.

— 동무, 이리 내려오라우.

따발총을 옆구리에 낀 인민군은 사내에게 나의 신분증을 건넸다.

— 목포상업학교 다니오?

— 네……

선미 쪽으로 가던 인민군은 보따리에서 책 한 권과 두툼한 사전을 집어 들었다.

— 반동 새끼, 따라오라우!

태도가 표변한 인민군의 손에 쥔 책들은 내가 밑줄을 그어 정독한 영어 숙어집하고 월북 작가 이태준의 '구원의 여상' 등 소설집 한 권이었다. 나는 인민군의 지시에 따라 선착장 옆 바닷가로 내려갔다.

선창으로 올라온 자식이 인민군의 총부리에 강압되어 인민재판장 같은 바닷속으로 들어가는 현장을 목격하고 있을 때 아버지의 심정은 필생 써왔던 아버지의 서체에 일대 변혁을 가져왔을 것이다.

— 양팔을 올린 채 들어가라우!

한 발짝씩 뒷걸음치며 바닷물 속 자갈을 밟았다. 아버지, 인구와 용하 아저씨의 얼굴이 내 눈앞에서 차례로 사라져갔다. 그리고 외딴집에 홀로 누워계신 엄마의 모습이 눈앞에 어른거렸다. 바닷물이 가슴팍에서 출렁거렸다. 더 이상 바다 밑 자갈을 밟을 수 없었다. 코와 입안으로 바닷물이 들어왔다. 몇 모금을 삼켰다. 더는 뒷걸음질 칠 수가 없었다. 서너 번 내 몸은 물속으로 잠겼다가 솟아올랐다.

— 더 들어가라우!

나는 양손으로 허우적거렸다.

순간 따발총 갈기는 소리가 들렸다. 나는 정신을 잃었다. 그리고 내 몸은 선착장 흙바닥에 짐짝처럼 부려졌다.

자식이 죽어가는 장면을 목격하고 있는 아버지의 신앙에서 폐목서(閉目書)는 탄생했다. 눈을 감고 일념으로 바라는 바를 염원하면 재앙을 물리칠 수 있다는 종교적 신념이었을 것이다. 바라는 바를 이루려는 첫 폐목서는 갈경(耕) 자였다. 조모님은 경북 상주 낙동리에서 대둔사로 춘하추동 10년을 다니면서 원을 세워 득남했다. 바로 아버지였다. 낙동벌의 벼 이삭은 농부의 생존에 관계되는 밭갈이에서 시작된다. 장산도 탈출에서 체험한 생사의 질곡에서, 전쟁에서 아버지는 평화를 염원했다. 그리하여 갈경(耕)은 액운을 탈출한 평화의 상징이었다.

밤이 이슥할 무렵이었다. 우리를 포획한 자위대원들은 팽나무와 느티나무 등이 우거진 길을 지나 솟을대문 앞에 섰다. 거기에도 한두 그루 팽나무가 마을 입구를 뒤덮고 있었다. 솟을대문 앞에는 자위대가 보초를 서고 있었다. 용하 아저씨는 한 노인에게 장 부잣집을 물었다. 노인은 벙어리처럼 말없이 손을 들어 따발총을 겨드랑이에 끼고 솟을대문으로 들어가는 인민군을 가리켰다. 한 자위대원은 우리들을 노인이 가리키는 대문 안으로 몰고 갔다. 그때야 비로소 나는 장 부잣집은 내무서로 바뀐 것을 알았다.

한옥 내무서에서 나온 한 인민군은 우리 일행을 사랑채 한 칸 방으로 몰아넣었다. 건물 구조는 옛날 시골 종가의 사랑채 같이 방 안은 넓어 보였다.

— 바깥을 무단 외출하면 총살이요. 내무서장의 지시가 떨어질 때까지 얌전히 있기요.

우리들은 사랑채 바깥을 지키는 인민군에 의해 포위되어 우리에 갇힌 짐승처럼 온돌방 안에 감금된 신세가 되었다. 방 한가운데에는 기둥이 서 있었다. 밖에는 자위대원들이 번갈아 보초를 서고 있었다. 방바닥에 몇 개의 목침(木枕)만 보였다. 날이 저물고 새벽이 찾아들 때마다 나는 주머니칼로 기둥에 가로로 줄을 하나씩 새겼다. 그리고 열 번째 줄을 새겼다. 땅거미가 내리는 저녁 무렵이었다. 주먹밥을 들고 온 한 자위대원이 아버지에게 귓속말을 남기곤 사라졌다. 아버지는 용하와 인구 아저씨에게

구도(龜島)를 아는가❷

귓속말로 지시했다. 밤이 이슥할 무렵 용하와 인구가 자리를 떴다. 아버지가 말한 대로 나는 거리를 두고 두 아저씨의 뒤를 따라갔다. 이상한 일이었다. 문밖에는 보초 서는 자위대원들은 보이지 않았다. 팽나무 마을을 벗어나자 뒤돌아보았다. 아버지가 멀리서 뒤따라오고 있었다. 콩닥거리는 가슴을 누르며 사위를 살폈다. 인기척 소리는 들리지 않았다. 열흘 전 포획되어 왔던 길 어디에도 인기척은 없었다. 조금 전 그 자위대원은 아버지와 무슨 상관이 있었기에 귓속말을 전했을까. 오늘따라 보초 서는 자위대원들은 왜 한 사람도 나타나지 않는 것일까. 생각하는 동안 어둠은 깊어만 갔다.

나는 용출도 용출바위 뱃머리를 떠났던 날을 8월 초순쯤으로 기억하고 있었다. 기와집 방 한 칸에 연금되어 있는 동안 내무서원의 발걸음은 하루가 다르게 부산해졌다. 나는 엄마를 방첩대에서 구출하려고 집을 나섰을 때 일을 떠올렸다. 엄마는 방첩대원의 고문에 견디지 못해 3층에서 투신하던 무렵은 수사기관원들의 철수 작전을 서두르고 있었을 무렵이었다는 것을 깨달았다. 내무서의 구치소 격인 온돌에 연금된 우리 일행을 바다에 수장하는 것쯤은 식은 죽 먹기일 것이다. 우리는 아버지의 지시대로 떨어져 선착장에 도착했다. 그때까지 사위는 조용했다. 나는 전마선 안으로 들어섰다. 용하와 인구 두 아저씨는 삿대질로 전마선을 선착장으로부터 띄우고 있었다. 순간 난데없는 호루라기 소리에 이어 동무! 동무! 하는 고함 소리가 들렸다. 뒤이어 어디선가 자위대원이 이쪽을 향에 달려오고 있었다.

— 동무들 뭣들 하고 있소?

— 뱃창에 물이 새들어 퍼내고 있소.

용하 아저씨는 정말 배 밑창 물을 퍼내고 있었다. 보초를 섰던 자위대원이 선창가 주막으로 들어갔을 때였다. 인구 아저씨는 전마선의 로프를 선착장의 쇠기둥에서 걷어드린 뒤였다. 아버지가 전마선으로 뛰어내렸다. 전마선 선미에서 두 아저씨가 노를 저어 나갔다. 어둠 저쪽에서 연거푸 들리는 호루라기 소리를 피해 노 젓는 소리는 다급해졌다. 이어 바닷물을 가르는 따발총 소리가 들렸다. 선미 쪽에서 바닷물 튀는 소리가 연이어 들렸다. 아버지는 내 손을 잡고 배 밑창으로 엎드렸다. 인구와 용하 아저씨는 죽을힘을 다해 노를 저어갔다.

인민군의 따발총 갈겨대는 총소리도 호루라기 소리도 멀어져 갔다. 용하와 인구 아저씨는 비로소 한숨을 돌리고 노 졌던 손을 놓았다. 배창에서 천천히 일어난 나는 밤하늘을 쳐다보았다. 반달이 하늘에 걸렸고 국자 모양의 북두칠성이 가물거리고 있었다. 국자의 맨 앞쪽에서 더욱 반짝이는 별빛 북극성을 찾아냈다. 일촉즉발의 위험에서 벗어났음인지 나는 넘실대는 물결에도 불구하고 선창에 기대어 스르르 눈을 감았다. 얼마나 흘렀을까. 비몽사몽간 누군가 외치는 목소리에 눈을 떴다.

— 섬이다.

뒤이어 아버지의 목소리가 들렸다.

— 해남이다.

나는 눈을 떴다. 집채 같은 바위들이 바닷가에 펼쳐져 있었다. 우리 일행은 해남의 어느 바닷가 바위에 전마선의 로프를 감고 닻을 내렸다. 썰물 때라 크고 작은 바위들이 바닷가 여기저기에 드러나 있었다. 나는 뭍으로 오르는 길을 찾으려고 산복 길을 바라보고 있었다. 낭떠러지 맨 위쪽 소나무 아래로 뚫린 비탈길에서 웬 사람들이 우리 쪽을 바라다보고 있었다. 그들은 붉은 완장을 두르고 죽창을 손에 들고 산복 길을 따라 내려오고 있었다. 나는 어쩔 수 없이 제자리에 서 있었다. 그러나 아버지는 그들을 향해 오르고 있었다. 나는 꼼짝하지 않은 채 아버지의 움직임을 보고만 있었다. 뒤따라 오르던 아저씨들도 제자리에 서 있었다. 또다시 우리 일행은 자위대원에게 포위당하고 있었다.

아버지는 담담한 심정으로 팔에 완장을 두른 내무서원 앞잡이 쪽으로 올라갔다.

나는 아버지가 일러준 몽수경을 가슴으로 읊었다. 그리고 운명에 맡기는 수밖에 없었다. 아버지는 비탈길에 서 있는 사람을 향해 올라가고 있었다. 그 뒤를 두 아저씨가 뒤따라 올라가고 있지 않은가. 그때 내 발길도 그들을 따라 움직였다. 잠시 후 앞서 가던 아버지는 걸음을 멈추었다.

— 선생님, 여긴 어쩐 일입니까.

— 피난 나왔네.

— 저를 따라오시지요.

나는 비로소 깊은숨을 토해냈다. 장산도 선착장[6]에서 맞닥뜨렸던 자위대장의 거들먹거림을 떠올렸다. 하지만 지금 그들이 아버지를 향해 깍듯이 대하는 태도로 미루어보아 그때와는 상황이 판이함을 깨달았다.

우리 일행은 자위대장의 안내로 낭떠러지 가까이에 자리 잡은 농가로 들어섰다. 일별해서 옹색한 농가였지만, 외양간에는 소 한 마리가 매어 있고 쟁기와 지게 등 잡다한 농기구가 갖추어져 있는 것으로 보아 방금 전 산허리로 사라진 자위대원들이 사는 마을에는 천수답 정도의 논밭은 있을 것으로 짐작되었다.

전형적인 초가삼간이었다. 하지만 송림 속에 파묻힌 초가집은 낙락장송을 바라보는 낭떠러지 위에 자리 잡은 풍광 좋은 암자를 연상시켰다. 나는 낭떠러지 부근 노송 가까이에 다가섰다. 깎아지른 낭떠러지 아래로 바닷물이 찰싹거리고, 해풍에 시달린 채 몇백 년은 되었을 낙락장송 사이로 밀물이 밀려오고 있었다. 우리 일행은 두 칸 방 사이 마루로 올라갔다. 자위대장은 둥근 상을 폈다. 보리밥 다섯 그릇에 풋고추와 된장, 그리고 갓 무친 열무김치의 밥상이 차려졌다. 나는 쌀알처럼 흰 보리밥 한 그릇을 게눈 감추듯 비웠다. 한동안 아버지와 자위대장 사이에 대화는 없었지만 오가는 서로의 눈빛은 따스했다.

― 선생님, 지금이 밀물 때라서 곧 떠나셔야 합니다.

아버지를 따라가는 곳마다 기적 같은 우연이 우리를 구출했다.

아버지의 신통력은 낙동면 옥관리 대둔사[7]와 친할머니의 원력에서 비롯한 것으로밖에 달리 설명할 수 없었다. 10년 불공 끝에 40세를 넘겨 아버지를 낳았으므로 부처님의 가피를 입었을 것으로 생각할 수 있었다.

우리 일행은 자위대장의 송별을 받으며 화원반도의 바닷가[8] 끝자락 농가를 떠났다. 인구와 용하 아저씨는 처음으로 전마선의 황포 돛을 높이 올렸다. 밀물 때를 만난 전마선은 순풍을 타고 장산도와 화원반도 해협을 거쳐 용출도와 압해면 사이 물살을 갈랐다.

용출도 산자락으로 노을이 질 무렵이었다. 드디어 우리 일행은 용출도 뱃머리에 닻을 내렸다. 나는 전에 내무서장이 다녀갔던 용출바위 뱃머리로 껑충 올라섰다. 방조제 둑 위 황톳길 너머 밭이랑에서 웬 흰옷을 입은 사람의 모습을 보았다. 노를 선착장에 올려놓고 뒤따르던 인구 아저씨가 소리쳤다.

― 어머니요!

이어 아버지가 말했다.

― 네 엄마다!

나는 한달음에 황톳길 너머 밭이랑으로 달려갔다.

― 엄마!

나는 어린애처럼 울먹이며 엄마의 가슴에 와락 안겼다. 엄마는 나를 한참을 할 말을 잊은 채 꼬옥 안고 있었다. 그리고 위기일발의 네 살 적 팽이 소년 대신 생환의 증표로 오른쪽 바지 주머니 속에서 엄마의 쌍가락지 금반지를 꺼내 보였다.

― 다행이다. 너희들이 떠난 다음날 새벽 저 뒷개 뭍에서도, 저쪽 압해면 장감리에서도, 죽창 든 자위대원들이 찾아와선 설치고 다녔다.

나는 엄마의 왼쪽 발목을 살폈다. 떠날 때와 같이 여전히 석고 붕대가 감겨 있었다. 나는 엄마의 한쪽 어깨를 잡고 뒤돌아섰다. 방조제 아래쪽에서 밀물이 갯벌을 적시고 있었다.

― 네가 잡아준 숭어들도 밀물 따라 다시 찾아오는구나.

나는 엄마의 겨드랑이 사이로 어깨를 넣고 외딴집으로 들어갔다.

다음날 이른 새벽이었다. 나는 갯벌의 석화 밭에서 머리를 숙이고 굴을 캐기 시작했다. 잠시 후 용출도 방조제 끝자락에서 제트 엔진의 폭발음이 들렸다. 그 소리는 천둥 우뢰가 멀어지듯 흰 연무를 그린 채 사라졌다. 이제 전선의 가파름도 한풀 꺾이는 기세를 보이고 있었다. 가끔 거대한 B29의 전폭기가 하늘을 가르고 지나갔다. 불현듯 나는 송림 속 내 피신처를 떠올렸다. 그곳에서 한 바구니를 캐냈던 한 무리 도라지꽃들, 짙푸른 별무늬 꽃잎새들을 찾아 나섰다. 아직도 송림 속 도라지꽃 잎새들은 아침이슬을 머금고 한가득 피어 있었다.

— 기다려줘서 고마워……

나는 도라지꽃 잎새들에 입을 맞추곤 한 아름 묶어 집으로 돌아왔다. 그리고 엄마의 침상 옆 탁자에 놓인 작은 항아리에 짙푸른 도라지꽃을 꽂았다.

— 은은한 풀잎 내음이 포근하구나.

엄마는 도라지꽃 특유의 내음을 찾으며 코를 벌름거렸다.

— 이 보라색 도라지꽃 별무늬도 엄마와 함께 밤하늘의 별에 기도하듯 우리의 아픔을 달래주었구나.

엄마는 시를 읊듯 조용히 말하며 잔잔한 미소를 나에게 보냈다.

아버지와 함께 우리 일행은 사선을 수없이 넘어 살아 돌아왔다.

— 엄마, 장산도 선착장에서 자위대원에게 붙들려 갈 때 아버지는 인민군에게 장 부잣집을 찾와왔다고 했는데 장 부잣집이란 누구네 집이야?

엄마에게 살아 돌아오면 꼭 묻고 싶었던 말이었다.

— 아버지가 말을 잘못했다. 그 장 부자란 사람은 아버지의 보

성전문학교 선배이시다.

— 그런데 왜 우리를 잡아 가두었어요?

— 공산주의자들이 가장 싫어한 말은 부자라는 낱말이다. 부자란 자본주의 숭배자이거든. 선대가 신안군 출신 양반가로 항일운동도 하고 부자였거든. 그래서 얼떨결에 말했겠지.

— 그럼 외할아버지도 알겠네요.

— 그래 상해임시정부 요인이었지.

나는 어렴풋이 왜 아버지가 장산도로 피신 갔으며, 용출도를 출발하기 전 아버지의 제자인 인국 씨가 다녀갔는지, 그리고 엄마가 방첩대에 끌려갔는지 안갯속 베일을 벗기듯 생각을 좇았다.

1950년 6월 24일에서 8월 중순에 이르기까지 근 두 달 동안 용출도에서 다도해로 바닷길을 헤맨 끝에 우리는 자유를 되찾았지만, 엄마의 왼쪽 발목은 6·25전쟁의 상흔처럼 여전히 으깨어 뭉개진 채 뒤뚱거렸다. 나는 뒤뚱거리는 엄마의 왼쪽 발목을 바라보노라면 애먼 다른 많은 이념전쟁의 희생자들의 고통을 떠올렸다.

아버지는 고통과 재생(再生)에서 폐목서(閉目書)를 탄생시켰다.

아버지의 폐목서는 갈경(耕) 자를 통해 처음으로 세상에 탄생되었다. 6·25전쟁을 몸소 겪고 미국의 뉴욕 근교 코네티컷트에서 세계평화통일기념관 건립을 위한 서도회를 열었고, 기념관 건립

후 귀국하여 문산 가는 통일로 부근에 '평화통일기념비'를 세웠다.

엄마의 임종을 보지 못한 채 서초동으로 올라온 나는 엄마의 손에 의사의 모든 자격을 딴 명함 한 장을 쥐어주면서 약속했다. '선영 아래 집을 짓고 미아가 된 아버지를 모시겠다고……'

나는 엄마와 약속한 대로 엄마를 잃은 미아(迷兒)의 신세가 된 아버지를 문산에서 낙동리에 모셔온 후 장곡리에 집을 지어드렸다. 새로 지은 집 현관에서 아버지는 둘째 손자 환과 함께 나란히 서서 당당하게 남동쪽 조산(朝山)을 향해 마지막 사진을 신선도의 인쇄물에 넣었다. 그리고 아버지는 집필묵과 화선지를 앞에 두고 천지인의 우주기운이 숨 쉬는 일필단전(一筆丹田)을 위한 기도를 올렸다.

주》

6) 뒤에 안 사실이지만 장산도는 마치 팔랑개비 형세 같아서 동서남북 어느 곳에나 선착장 구실을 할 수 있는 장소가 있었다. 많은 선착장 중 우리 일행을 태운 전마선이 닿았던 선착장은 해남군 화원면과 근거리에 위치한 북강선착장으로 생각되었다. 나는 당시 인민군의 따발총부리에 이끌리어 북강선착장 왼쪽 바닷가 자갈밭을 뒷걸음치다가 따발총 소리에 정신을 잃은 후 뭍으로 옮겨졌고, 눈을 떴다. 그후 우리 일행은 장산로를 따라 노창길 노거수(老巨樹)길을 지나 팽나무 우거진 마을 솟을대문 사랑채에 감금되었다가 탈출했다. 솟을대문 앞은 자위대원들이 보초를 서 있었고 사랑채 안쪽으로는 내무서원들의 출입이 빈번했다.

7) 경상북도 구미시 옥성면에 위치한 대둔사 앞으로 낙동강의 지류가 흐르고 있다. 이 지류는 낙동면 옥관리를 구비 돌아 옥관저수지로 흐르고 있다. 할머니는 겨울철에도 낙동면 낙동리 집에서 옥관리를 지나 대둔사로 가는 낙동강 지류의 빙판을 깨고 세수를 하곤 대둔사에 들러 10년을 불공드려서 아버지를 잉태하여 낳았다고 한다.

8) 해남군 화원면 무고리 쪽 바닷가 만(灣)으로 생각됨.

신묘한 폐목(閉目)의
신필(神筆)로
병마와 싸우다

1993년 2월 3일 수요일

새벽 2시쯤이었다. 장곡리 매부에게서 전화다.

— 아버님이 숨이 차고 가슴이 답답하다고 하네.

— 우선 가까운 상주적십자병원에 입원시켜 주세요. 늦어도 오후 4시 버스로 출발하면 오후 6시쯤엔 병원에 도착할 수 있습니다. 부탁합니다.

나는 예정대로 오후 6시쯤 상주적십자병원 2층 중환자실에 도착했다. 걱정했지만 아버지는 코에 산소흡입용 비닐호스가 끼어있는 상태에서 옆 병상 보호자와 얘기 중이시다. 중환자실이지만 대학병원의 응급상황에 대처할 장비는 태부족 상태다. 아버지는 호흡곤란 증세가 뜸하면 주위 사람과 낙천적으로 담소하신다.

— 아버지, 지금 어떠세요.

— 이곳이 편안하다. 아주 좋다.

그러나 나는 불안하다. 하루쯤 경과를 보고 퇴원 여부를 결정해야 할 것이다. 병원 아래쪽 보은여관에 숙소를 정하고 병원으로 돌아왔다.

아버지는 편안하게 주무시고 계신다. 저녁 무렵 매부와 함께 장곡리로 향했다. 왼쪽 농로 너머 외딴집 한 채에서 불빛이 보인다. 마치 절해고도 속 등대 같다. 마당의 노랭이가 나를 반긴다. 이곳에 집을 짓고 둘째의 자가용으로 모셔온 아버지는 둘째 손자와 함께 현관문 앞에서 사진을 찍었었다. 현관문을 열었다. 거실 벽면은 신(神)자의 화선지를 걸어놓은 긴 가리개 막대로 둘러쳐져 있다. 그리고 지난겨울 부산 D대학병원에서 퇴원하며 병원 바깥 의료기 가게에서 사온 휠체어가 주인 대신 창가의 자리를 지키고 있다.

— 매부, 이 많은 글을 언제 벽에 붙였어요.

— 지난 설날 다음날부터 하루에 한 장씩 벽에 붙여 달라고 했네.

아버지는 하루하루 신(神)과 독대를 하면서 천지인(天地人)의 우주기운이 숨 쉬는 일필단전(一筆丹田)으로 투영된 신묘한 폐목(閉目)의 신필(神筆)로 병마와 싸우고 계셨다.

1993년 2월 4일 목요일

아버지의 갈아입으실 내복을 챙기고 상주적십자병원으로 돌아왔다. 중환자실에서 합동 병실로 옮긴 아버지는 병상 식탁에서 생선으로 아침 식사를 드시고 계신다.

— 아버지, 오늘 퇴원하시겠습니까.

— 아니다. 그냥 이곳에 있고 싶다.

아버지는 장곡리 집에서 신(神)자로 위로받는 거실보다 병실의 옆 병상 노인 환자와 함께 지내는 게 더 안락해 보였다.

— 매부, 아버지는 이곳 병원이 좋으신 모양이죠.

— 글쎄 거짓말처럼 증세가 좋아지니 알 수 없군.

— 매부 고생이 많으십니다. 잘 부탁합니다.

그러나 그의 얄팍한 입술은 굳어지고 눈꼬리가 아래로 쳐졌다. 그리곤 말없이 고개만 끄떡인다. 나는 매부의 마뜩찮은 표정에서 불길한 예감이 들었다.

— 아버지, 편할 대로 하세요. 하지만 병원이 낡고 시설이 미비해서 대학병원으로 옮기는 게 좋겠어요.

— 차라리 장곡리로 가는 게 좋겠구나.

— 그럼 며칠 안으로 다시 올게요.

매부에게 아버지 경과를 부탁하고 상주 버스터미널에서 부산행 버스로 오후 한 시 지나 부산에 도착했다. 매부에게 전화했다. 오는 2월 7일 일요일 그곳 병원으로 가겠다고 알렸다.

1993년 2월 7일 일요일

매부에게 약속한 대로 동부터미널에서 10시 20분 상주행 버스를 탔다. 대구, 칠곡, 구미, 선산을 지나 엿가락처럼 휘어진 국도를 따라 버스는 마침내 좁은 언덕길로 내려간다. 왼쪽으로 펼쳐진 낙동면 장곡리 농경단지 너머 나지막한 산기슭 아래 하얀 외딴집이 보였다. 아버지는 우리가 지어준 저 집에서 고독과 병마를 물리치려고 매일 일필단전 폐목서 신필을 휘둘렀다. 버스는 정오를 지나 상주적십자병원에 도착했다. 매부에게 약속한 대로 원무과에서 퇴원수속을 하고 가게를 들러 곶감 두 접을 샀다.

장곡리 구도원(龜島苑)에 아버지를 모셔놓고 낙동리로 내려갔다. 푸줏간에서 돼지고기 4근과 포도주 두 병, 주스 한 통을 사들고 김실경 씨 집으로 갔다. 오랫동안 부친을 위해 수고하신 노고에 감사한 마음으로 부인에게 전했다.

1993년 2월 8일 월요일

새벽녘이다. 서울로 올라갔던 매부가 오늘 오전 중 장곡리로 내려온다고 약속했다. 아버지와 함께 아침 식사를 하고 점심상을 차려놓았다.

― 아버지, 부산으로 갑니다. 매부는 오늘 오전 중에 내려옵니다. 다시 올게요.

나는 토담집 옆에 세워놓은 자전거를 콩밭 쪽으로 끌고 나왔다. 거실의 창문이 열렸다. 손전등으로 창문을 향해 비추자 손을 흔드시는 아버지의 모습이 보인다. 거실에 켜진 백열등을 배경으로 아버지의 흔드는 손은 텔레비전 속 인물처럼 확대되어 보인다. 나는 장곡리 농로로 빠져나왔다. 자전거 페달을 힘껏 내리밟았다. 매서운 한기가 사정없이 온몸으로 파고든다. 방한모를 눌러썼다. 그리고 뒤돌아본다. 장곡리 산자락 아래 거실의 등불은 별똥처럼 사라졌다. 낙동리에서 대구행 버스를 탔다.

　차창 바깥 멀리 장곡리 농로길을 뒤에 두고 버스는 떠난다.

구도원의 회합,
아버지의
마지막 당부

1993년 2월 12일 금요일

아내는 오전 10시에 신축 구
도원의 집들이를 하려고 하루 앞
서 낙동으로 출발했다. 나는 부산역에서 오후 7시 5분 상주발
통일호의 입석표로 사상, 구포, 삼량진, 동대구, 왜관, 구미를 거
쳐 10시 30분 상주역에 도착, 다시 택시로 11시경 낙동면 장곡
리에 도착했다. 그곳에 이미 나이 60, 70을 지난 세 누님들이 와
계셨다. 나는 세 누나에게 벽에 걸어 놓은 화선지의 신(神)자와
신선도를 말하고 있지만 듣는 둥 마는 둥 하고 있다. 그들은 아
버지에게 바라는 것은 오직 유산분배를 거론하는 돈이었다. 그
러나 믿었던 두 아들에게 구례섬과 용출도를 감쪽같이 빼앗기고
마지막 남교동 78번지 극장 땅에 아파트를 건립한다 해놓고 그
것마저 두 형은 담합하여 건축업자에게 사기를 당했다고 아버지

를 속였다. 아버지의 수중에 남은 돈은 한 푼도 없는데 딸들은 미련을 버리지 못하고 있다.

두 형, 그중에도 둘째 형이 매도했던 구도(구례섬)는 사단법인 구도재생원인데 어떻게 그 섬을 부모 형제가 전혀 알 수 없는 타인인 네 사람에게 소유권 이전 후 분할 등기하여 매도할 수 있었던가. 그게 아버지가 밝히고자 하는 의문점이었다. 죽교동 92번지는 구도재생원 분원이었으므로 원래의 구례섬(龜島)도 함께 신안군 동서리에 이전하여 신안보육원으로 설립하였다. 죽교동 92번지의 대지와 구례섬 또한 사단법인임으로 상속유산에 해당되지 않는다고 딸들에게 따돌렸다. 딸들도 그렇게 믿게왔다. 그러나 극장 폭행 사건으로 큰형이 구치소에 수감되자 둘째 형은 큰형의 용출도 매도 문제를 구실로 수감 중인 큰형을 찾아가 구도재생원 이사로 있었던 큰형에게서 사임서를 받아 신안보육원의 설립에 상관없는 구도재생원의 구례섬을 부모 몰래 임의로 해체하였다. 그리고 목포 용당동 소재 정동식, 서울 영등포 소재 김준섭, 서울 강서구 등촌동 소재 정향희, 서울 동작구 상도동 소재 김재필에게 분할 등기로 소유권을 이전하여 그 매도액을 비자금으로 소유해왔다. 그러므로 아버지는 구도재생원의 구도(구례섬)는 어디로 갔느냐, 라고 통탄해 왔다.

네 사람에게 소유권을 이전하여 매각한 돈은 어디로 갔는가? 어떻게 사단법인 해체가 가능했는가?

아버지는 나에게 유언으로 당부했다.

딸들은 그 사실을 전혀 모르고 아버지에게 자기네들의 상속분을 요구하기 위해 마지막으로 아버지를 찾아왔던 것이다.

한편 엄마의 상을 당했을 때였다. 큰집 순태 형은 신안군 동서리 묘소에 오지 않았다. 그러나 순태 형은 장곡리의 선영 아래 건축한 집을 보고는 정씨 문중 공동소유로 하자, 일 년 시재에 한 번씩 모이자고 하면서 떠났다.

문중(門中)이란 성과 본이 같은 순수혈통의 사람들이 현존하는 최연장자를 중심으로 가계(家系)를 형성하는 조상 전래의 혈통양식을 말하는데, 작은집에서 선영을 관리하는 게 이상했다. 큰집의 마지막 생존자인 순태 형은, 미국에 체류 중이라고 하지만 변명에 불과하다. 그러나 엄마가 백부의 뜻을 받아들여 낙동의 아버지를 출세의 관문으로 이끌어 통의동에서 만 3년을 기거하며 변호사 시험에 합격시켰는데 항일 가족의 자긍심을 말살시키는 경부보를 동생에게 시켰다.

부모는 화순에서 10년의 은둔 세월을 보내는 동안 백부의 임종 때 5천 석을 엄마에게 주었던 재물은 그러나 부모의 일신의 영달을 위한 재물은 아니었다. 외려 부모는 속죄의 굴레에서 여생을 바쳐왔는데 종국엔 두 자식에게 배반을 당했던 것이다.

사촌의 마지막 생존자인 순태 형은 숙모의 장례식에 나타나지도 않았을 뿐만 아니라 문중의 정점에 있는 조부 정봉규와 김규선 그리고 백부 정도현의 선영을 외면하고 있었다.

더구나 숙부는 문중의식이 없다는 것을 간파한 순태 형은 셋째 사촌 동생이 숙부의 소유로 되어 있는 장곡리의 산지기 땅에 집을 짓고 숙부를 모셔 오리라는 생각은 아예 하지 않았다. 그런 숙부의 환향(還鄕)은 순태 형에게 있어 충격적인 사건이었다. 몇 년 후 장곡리를 찾아온 그는 작은집에서 선영을 넘보는 일을 예방할 목적으로 선영에 자기 부부의 가묘를 조성해 놓았다.

거듭되는
병원의
입퇴원

1993년 3월 5일 금요일

아침 6시경이다. 부산 병원 집 3층의 거실 전화벨이 울린다. 그동안 장곡리 집들이를 마친 후 별 탈 없이 지났지만 내 가슴은 쿵 내려앉는다. 장곡리 집으로 전화를 걸었다. 신호만 간다. 예감이 안 좋다. 서둘러 낙동리 김실경 씨에게 전화했다.

— 김 선생님, 방금 전 장곡리에 전화했는데 안 받습니다. 무슨 일이 있습니까?

— 저도 전화를 넣지만 받지 안아여.

— 그럼 매부가 상주적십자병원으로 모시고 간 게 아닐까요?

— 할아버지 병 때문이라면 저에게 전화를 하고 병원에 갔을 텐데요. 장곡리에 올라가지여.

나는 그와 전화를 끊고 서둘러 상주적십자병원 원무과로 전화를 넣었다. 확인하니 새벽에 입원했다고 한다. 병실로 연결했다.

— 매부, 입원하기 전에 연락을 했어야죠.

— 입원 전에 장곡리에서 전화했었네. 아버지는 전화하지 말
라고 안 하시나.

그래서 전화가 끊어졌던 것이다. 그러나 김실경 씨에게는 입
원하겠다는 전화 연락을 했어야만 했다. 전화기에서는 가시 돋
친 반항의 소리가 묻어나왔다. 그 목소리에서 나는 어떤 배반의
소리를 감지했다.

나는 담당내과 의사 K에게 전화를 했다. 그는 출근 전이다.
병동 간호사실로 연결했다.

— 낙동에서 오늘 입원했다는 할아버지의 보호자입니다. 상태
를 알고 싶습니다.

— 어제 입원했는데요. 호흡곤란이 있을 뿐 다른 데는 이상이
없는 것 같습니다. 당직의실로 바꿔드리겠습니다.

— 아무래도 노환이니 왕래하시기 불편하실 텐데 부산으로 옮
기는 게 어떨까요.

— 오늘 그곳에 들리겠습니다. 감사합니다.

병실에 다시 전화를 넣었다. 옆 병상 환자가 전화를 받는다.

— 영감님, 보호자 말이지요. 얼메 전에 나가던데요.

장곡리에 전화를 걸자 곧바로 매부가 전화를 받았다.

— 매부, 어떻게 된 일입니까.

― 아버지가 똥을 싸서 갈아입힐 옷을 가지러 왔네.

담당의사 K에게 전화했다. 퇴원 후 복용할 약은 처방해놓았다고 한다. 원무과 직원에게 3월 6일까지 입원료와 약대를 대구은행 017-08-071504 계좌로 입금했다. 오늘까지 병원비는 모두 계산됐다.

오늘 매부의 하는 언행은 평소 같지 않았다. 동부터미널에서 서둘러 상주행 시외버스를 탔다. 상주적십자병원에 도착했지만 매부는 보이지 않았다. 휴대폰으로 전화를 하니 장곡리에 있다고 한다. 신출귀몰 같은 행동이다. 무슨 일일까. 환자는 병원에 두고 매부 먼저 퇴원하다니. 아버지와 함께 택시로 장곡리로 향했다.

― 아버지, 몸에 이상 있으시면 매부더러 김실경 씨에게 전화해달라고 하세요.

아버지는 말이 없다. 그저 차창 밖으로 눈을 돌리고 있다. 택시는 낙동리에서 장곡리 초입에 들어섰다.

― 아버지, 저기 산 아래 하얀 지붕이 보이지요. 장곡리에 들어가고 있습니다.

택시는 외곬으로 뚫린 장곡리 농로를 달린다. 장곡리 고샅에 김실경 씨가 보인다. 집 마당으로 들어섰다. 그때까지도 매부는 보이지 않는다.

― 김 선생님 고맙습니다. 매부는 어디 갔습니까.

— 낙동에 다녀온다고 나갔는데 하마 올 시간이 지났는데……

나는 아버지를 방으로 모셨다. 그리고 오후 2시쯤이었다. 마당으로 나왔다. 콩밭 쪽에서 매부가 걸어온다. 어깨가 몹시 쳐져 있다.

— 매부, 어디 몸이 안 좋으세요. 들어갑시다.

그는 대답이 없다.

— 아버지가 매부에게 섭섭하게 대하시더라도 병이 깊어 얼마 사실 날이 남지 않으신 환자이니 이해하세요.

그래도 아무 말이 없다. 나는 조용히 출입문으로 들어갔다.

아버지는 눈을 감고 침대에 누워계신다.

— 아버지, 매부는 아버지를 돌보지 않으려고 합니다. 저와 함께 부산으로 가십시다. 제가 아버지 시중들게요.

나는 김실경 씨에게 오늘 부산 집에 다녀올 때까지 장곡리 아버지를 보살펴 달라고 부탁했다. 줄곧 시큰둥한 매부와 장곡리 고샅에서 헤어졌다.

1993년 3월 7일 일요일

아내와 다윤 어미는 어제부터 아버지에게 드릴 음식 장만을 했다. 오전 10시다. 나는 가져갈 두 개의 백을 나누어 들고 동부 터미널로 향했다. 상주행 버스 선반은 좁아 바깥 버스 트렁크에 넣었다. 하늘에 먹구름이 낀다. 칠곡휴게소에서 아버지에게 드

릴 호두빵 세 봉지를 샀다. 버스는 구미의 김천행 고가도로를 비
켜 왼쪽으로 돌아 구미간호조무사학원 2층 건물을 다시 돌아 고
아, 선산에서 의성으로 뚫린 오른쪽 반대편 외길을 달린다. 좁은
국도를 요리조리 지나다가 버스는 비탈길로 오른다. 언덕 아래
왼쪽으로 탁 트인 시원한 낙동벌이 펼쳐진다. 왼쪽 들녘 나지막
한 산자락 아래 하얀 머리를 인 양옥건물이 가물거린다. 나는 김
실경 씨에게 전화를 넣었다. 버스는 어느덧 낙동리 버스정류소
에 멎었다. 자전거를 끌고 나온 김실경 씨가 보인다. 무거운 가
방 두 개를 자전거 짐칸에 묶고 장곡리를 향해 페달을 밟는다.
뒤따라가는 농로에 봄비가 내리고 있다. 마당에서 노랭이가 나
를 반긴다. 현관문을 열었다. 아버지는 집필 중이시다.

　— 누가 나를 죽이려고 한다.

　아버지는 나에게 고적한 심정을 말하신다. 노령의 아버지에게
있어 독거는 공포의 대상일 것이다. 두 섬을 빼앗아 간 자식들은
전화 한 통 없다. 아버지는 어린애처럼 안쓰러워 보인다.

　— 아버지, 포도주 가져왔는데 소고기와 함께 드시죠.

　기다렸다는 듯 고개를 끄덕이신다. 화장실을 가보니 백열등이
나갔다. 나는 자전거 페달을 굴리며 낙동리로 달렸다. 봄비가 얼
굴을 적신다. 초등학교 5학년 때 읽었던 삼국지의 한 대목이 떠
올랐다. 유비 현덕은 노모가 좋아하는 녹차를 사드리려고 먼 길
을 찾아가 조상 전래로 내려온 가보인 보검의 손잡이를 주고 노

모가 즐겨 드시는 녹차를 샀다는 장면이 어렴풋 생각이 났다.

낙동 점포에 들러 아버지가 좋아하시는 포도주와 사과를 샀다. 전구를 사들고 자전거 페달을 밟았다. 굵은 빗줄기가 얼굴을 때린다.

오늘 부산 집에서 가져온 양념한 소고기에 쌀밥을 넣고 물을 부어 끓인 죽을 드렸다. 그러나 오늘따라 소식(小食)이다. 드시는 모습을 보고 있으니 가슴이 짠하다. 거실을 청소하고 쌀을 씻어 전기밥솥에 안치고 취사 스위치를 눌렀다. 그리고 노랭이에게 고기스프를 주었다.

1993년 3월 8일 월요일

잠결이다. 아버지가 부르는 소리에 눈을 떴다. 자정 무렵이다. 밥을 달라고 하신다. 고깃국 스프에 밥을 넣고 끓였다. 시금치에 밥상을 차려 아버지 방으로 갔다. 다시 부르신다. 가슴이 답답하다고 하신다. 성 콜롬방병원에서는 심부전을 동반한 심장성 천식으로, 강남성모병원에서는 심부전 질환에 폐색성 폐 질환으로 진단을 받았었다. 병 증세를 완화하려고 디고신 한 앰플을 주사했다. 관찰 후 건넛방에서 잠시 잠을 청했다. 안정을 취해야 할 아버지는 호흡곤란 증세가 좋아졌는지 아령운동하는 소리가 들린다. 화장실로 갔다. 수도전에서 물이 안 나온다. 이상해 밖으로 나가 확인하자 양수펌프의 전원이 뽑혀있다.

새벽이다. 전기밥솥에서 밥을 덜어내어 물을 붓고 끓였다. 스프와 소고깃국도 끓였다. 반찬으로 나물과 꼬막을 상에 올리곤 상보로 덮었다. 그리고 포도주 한 병을 상 옆에 놓았다.

아침 식사를 마친 아버지에게 무릎을 꿇고 인사를 드렸다.

— 대통령 김영삼 알지. 그렇게 해라.

언젠가 아버지는 텔레비전에서 김영삼 대통령이 그의 부친에게 절을 올렸던 모습을 떠올린 것이리라.

— 앞으로 아버님을 뵈올 때나 떠날 때에는 꼭 큰절을 올리겠습니다.

낙동 장곡리에 오신 후 처음으로 흡족하신 모습이었다.

— 김영삼 대통령 만세!

갑작스런 만세 소리에 이 상사와 첫 대면 때를 떠올렸다. 아버지를 향해 무릎을 꿇고 절을 올렸던 이 상사의 모습이 눈에 선하다. 옛날 낙동에서 상투를 틀고 서당이나 서원에서 익혔었던 예의범절을 생각했을 것이다. 삼강오륜 중 부자유친을 아버지는 말하고 있다. 그러나 나와 아버지는 6·25전쟁 때 생사의 고비를 함께 했던 전우애가 가족이라는 테두리 안에서 부자유친이란 범절로 되살아 난 것이었다. 그런데 자식들은 부모님의 사후 제사상 앞에서는 머리를 숙이고 정중히 배례를 올린다. 생시인 오늘 새벽처럼 자식들은 아버지를 왜 즐겁게 해드리지 못하는 것일까. 오늘 새벽 아버지의 모습에서 비로소 뉘우쳤다.

새벽 5시 30분 현관 밖으로 나왔다. 찬바람 이는 들녘 너머 조산에서 여명이 붉게 물들어온다. 다시 떠날 채비를 한다.

— 아버지, 밥상은 방에 차려놨습니다. 매부가 오늘 서울에서 내려옵니다. 김실경 씨에게도 장곡리에 들리도록 부탁했습니다. 부산에 도착하면 바로 전화 드리겠습니다.

나는 보채는 어린애를 떼어놓고 집을 나서는 엄마의 심정을 알 것 같았다. 아버지는 내 속내를 아는지 고개만 끄덕인다. 자전거로 장곡리 농로를 지나 낙동리 김실경 씨 집에 들러 아버지를 부탁하고 대구행 버스에 올랐다.

사위의 반란으로
장곡리 생활
마침표

1993년 3월 20일 토요일

　매부는 예정대로 3월 8일 오후 장곡리로 내려왔지만 그날 이후 이렇다 할 소식이 없다. 나는 12일 만에 장곡리에 전화를 했다. 전화 신호음만 계속 울린다. 다시 전화를 넣었지만 계속 신호음만 들린다. 갑자기 불안한 생각이 엄습해온다. 늘 배신의 칼을 품고 있는 듯한 매부, 간호하기 귀찮으니 상주적십자병원으로 입원시킨 게 아닌가 하는 조바심이 들었다. 상주적십자병원 원무과에 전화했다. 얼마 전 입원했다고 한다. 병실로 전화를 돌려달라고 했다. 매부는 없고 옆 병상의 환자 보호자가 전화를 받는다.

　― 영감님이 전화받기 싫데요.

　― 부산이라고 다시 말씀 드리세요.

아버지가 전화를 받고 아무 말이 없으시다. 전화를 끊고 담당 의사에게 전화했다. 의사는 지난 3월 6일 전화했을 때와 같은 말을 한다. 부산 병원으로 입원을 권유한다. 병실로 전화했더니 매부가 전화를 받는다.

— 매부, 부산으로 아버님을 옮겨야겠습니다. 그쪽 병원에서는 더 이상 치료가 안 된다고 해요. 지금 상주로 가겠습니다. 퇴원비는 지난번 이미 계산됐습니다.

— 자네 좋은 방향으로 해결하게.

뭔가 얘기를 하려는데 전화를 끊어버린다. 무엇 때문에 그런지 화가 잔뜩 난 것 같다. 그는 무엇을 해결하라는 말인가. 마치 고용주인 내가 피고용인인 그의 노임관계를 청산할 것을 강요당하는 기분이었다. 부산 병원으로 장인을 옮기면 둘째 형에게 청구했던 자기 나름의 체불 임금을 나에게 요구할 수 없기 때문일 것이다.

1993년 3월 21일 일요일

오후 1시 30분경이다. 매부한테 휴대폰으로 전화했다.

— 매부, 부산 버스터미널에 와 있습니다. 오후 2시 10분발 상주행 버스로 출발합니다. 오후 4시경에는 도착할 겁니다. 상주적십자병원 아래쪽 버스터미널로 나와 주세요.

— 알았네.

그동안 매부는 아버지에 대한 간호 여부에 대하여 마음의 준비를 정리한 듯 바로 전화를 끊었다.

상주행 버스가 칠곡 구미를 지나 고아휴게소에 정차했다. 상주적십자병원 입원실에 전화했다.

― 매부, 여기 고아휴게소입니다. 곧 상주에 도착합니다. 병원 아래 버스정류소에 나와 주세요.

― 알겠네. 꼭 나가지.

예정 시간에 버스는 병원 아래 버스정류소에 도착했다.

그러나 병원 아래 버스정류소에는 휑하니 한 대의 버스도 볼 수 없다. 휴지조각만 바람에 휩쓸려 다닌다. 그동안 버스정류소가 다른 곳으로 이전한 것이다. 공중전화 부스에서 매부에게 전화했다.

― 매부, 지금 병원 아래에 있는데 이쪽으로 내려오시지요.

― 나 거기 갈 필요 없고 자네가 이쪽으로 오게. 지금 퇴원하니 말일세.

뭔가 마뜩찮은 말투다. 이상한 예감이 들었다. 병실로 올라갔다. 그런데 서울에서 둘째 누나와 막내딸이 내려와 병실에 있지 않은가. 둘째 누나가 아버지에게 두루마기를 입히고 있다. 말없이 막내딸은 옆에 서 있다. 전에도 그랬었다. 막내딸이 서 있는 곳에는 반드시 필유곡절이 따랐다. 매부는 예상 밖의 두 사람과 가세하여 뻣뻣이 서 있다. 모종의 시위를 취할 태세다.

— 임마, 너 잘 왔다.

— 뭐요?

— 이 새끼!

그는 눈 깜작할 사이 오른손으로 내 멱살을 잡았다. 이어 잡은 내 목을 아래로 낚아챘다. 질식 상태에서 나는 어…… 어…… 하고 소리를 질렀다. 그는 왼손으로 내 오른 손가락을 잡고 비틀었다. 나는 목이 잠긴 채 뒷걸음쳤다. 그는 나를 아버지가 서 있는 틈새로 밀어 넣곤 침대에 쓰러트렸다. 나는 사력을 다해 그의 멱살을 잡았다. 비로소 내 몸에서 그의 손을 풀었다. 그러자 그는 신발 한 짝을 집어 들고 나를 향해 치려고 했다. 지난번 장곡리에서 아버지는 '현주(둘째 매부의 이름)가 내 손을 비틀었다' 라는 말을 떠올렸다. 오늘 보니 그는 실성한 사람처럼 내 목을 누른 광기로 미루어 아버지가 나에게 한 말은 사실이었음 실감했다.

— 매부, 아버지 앞에서 무슨 폭력입니까!

— 이 새끼, 이 병원 의사들도 간호사들도 다 안다. 이 나쁜 자식 무릎 꿇고 사과해라!

둘째 형이 부모님 모르게 구례섬을 매도해야 했으므로 구례섬에서 쫓겨난 그는 서울로 올라와 미화원을 하던 중 교통사고로 인해 퇴직당했다. 그러던 중 딸들의 동의 아래 장인의 간병을 자청하고 나섰고, 아내는 한 주일에 한 번씩 수고비로 20만 원을 지급하고 있었다. 그런데 그는 자기 역할을 과대포장하고 있었다. 장인이 자기에게 한밑천 주는 것으로 착각했었다. 직업이 없다는 것으로 사위에게 간병을 맡게 한 일이 오늘의 화를 자초했다.

— 매부, 그동안 고생 많았습니다. 그러나 지난날의 일들을 내일을 모르는 아버지의 간병에 연결 지어 요구하는 것은 온당치 못합니다. 자중하세요.

나는 두 형에게서 들은 바를 이제 와 그에게 말할 필요는 없었다. 둘째 사위로 장가들고부터 직업 없이 처가살이의 비굴함과 구례섬(구도)에서 둘째 형에게 퇴거를 당한 후 나름대로 계산한 퇴직금을 계산하여 등기로 발송했었다. 그리곤 법적으로 고소하겠다고 둘째 형을 협박했었다. 구도(龜島)는 둘째 형에 의해 네 명의 타인에게 소유권 이전되어 협박이 먹혀들지 않자 다시 오늘처럼 나를 통해 장인에게 협박한 행위를 되풀이한 것이었다. 둘째 형에게서 받지 못했던 나름대로의 처가살이 노임을 오늘 병원 환자와 아버지 앞에서 모욕적인 행동으로 되돌려주고 있다. 지난번 서울로 올라갔던 그는 두 딸과 공모하여 마지막으로 협박 모의했던 것이다. 두 딸은 병고로 내일을 기대하기 어려운 장인의 간병을 자처하고 나선 남편에게 최후의 집단 폭행을 공모했다.

나는 아버지를 부축하고 병원 1층으로 내려갔다. 그리고 택시에 아버지를 태웠다. 두 딸과 그가 택시 앞에 마주 섰다.

— 매부 그동안 수고 많았습니다. 그러나 합동 병실의 환자들 앞에서 나를 모욕한 폭력 행동에 대해서는 책임져야 합니다. 나는 매부의 그런 폭력적인 행동을 이해할 수 없습니다.

— 일억 원 다 처먹어라!

그의 말은 뜻밖이었다. 그가 느닷없이 내뱉은 일억 원이란 말 속에 이제까지 아버지의 손을 비틀고 이유 없이 나에게 반항해 왔던 모든 음모가 일거에 드러났다.

— 매부, 나는 매부에게 한 점 결례된 일을 하였다고 생각한 적이 없는데 나에게 폭력을 휘두른 행동을 알 수가 없어요.

아버지가 두 아들에게 빼앗긴 부동산 이외에는 딸에게 줄 돈은 한 푼도 없었다. 다만 아버지는 딸들에게 돈이 있는 척했을 뿐이었다. 그렇게 함으로써 친정아버지가 가진 돈이 있으므로 딸들로부터 효도를 받을 수 있다고 생각했을 것이다. 그러나 아버지의 생각은 외려 가진 것 없는 딸들에 아버지에 대한 증오심만 키웠다. 만일 아버지가 두 아들에게 전 재산을 빼앗겼다고 진실을 말했다면 딸들은 두 형에게 달려가 사생결단했을 것이다. 있는 척했던 친정아버지는 정말로 유산상속을 해줄 것으로 기대에 차있었다. 일억 원이란 액수는 아버지가 딸들에게 말한 효도의 선전술에 지나지 않았다. 아무도 아버지의 호주머니에서 일억 원이 있다는 증거품을 본 사람은 없었다. 그 액수는 궁색한 딸들이 아버지에게 관심을 갖도록 만든 수단에 불과했었다.

— 매부, 장곡리에 들어가서 얘기합시다. 먼저 갑니다.

막내 누이동생이 나에게 다가왔다.

— 오빠, 우리 아버지 잘 좀 돌봐주세요. 형부는 남이니까 오빠 부탁해요.

이랬다저랬다 누이동생의 말을 이해할 수 없었다. 벌이가 없는 남편을 대신해서 살림을 꾸려나가는 여동생의 나에 대한 당부였다면, 직장에 매인 여동생이 이곳까지 둘째 누나와 동행했을 이유가 없었을 것이다. 한데 왜 허망한 모의를 하고 이들 세 사람은 이곳까지 내려왔을까? 왜 누이동생은 친정아버지를 박대했을까? 나는 엄마의 일기장을 떠올렸다.

날은 어두워지고 날씨마저 살을 에는 듯한 추위였다. 귀가 얼어 떨어질 것 같은 혹한이었다. 그이는 동창생을 만나 글씨 한 폭 사주겠다는 것을 포기하고 부근의 막내딸에게 갔다. 용케 찾아가 딸의 방으로 들어갔다.

— 아버지, 우와기[9] 벗지 마시요 잉. 시어머니도 있으니께.

그이는 그 말을 듣고 이내 막내딸 집을 나왔다.

엄마는 막내딸이 아버지를 왜 박대했는가를 그때 알았다고 적

혀있다. 어린 나이에 재산도 없는 남편에게 시집보내어 직업도 없이 보험회사 월급에만 매달려 왔던 고통을 부모에게 화풀이하는 심정을 그때 비로소 알았다고 일기에 써놓았다.

아버지와 나를 실은 택시는 매부와 두 딸을 상주적십자병원 마당에 남겨둔 채 떠났다. 택시의 백미러에 때 아닌 아버지의 미소가 번졌다.

'너희들은 이 늙고 병든 아비의 호주머니에서 돈을 집어내려고 하지만 너희들에게 줄 돈은 한 푼도 없다. 일생 내가 써 온 글씨밖에는……'

아버지의 미소가 나에게 애처롭게 속삭였다.

택시가 장곡리 마당에 들어섰다. 이른 봄날 햇볕과 함께 놀던 노랭이만이 두 부자를 반긴다. 오랜만에 집안 청소를 했다. 아버지는 이제 이심전심으로 나를 따라 부산으로 갈 것을 마음먹고 계셨다.

1993년 3월 22일 월요일

그날 서울에서 작당하고 장곡리로 내려왔던 세 사람은 먼저 장곡리에 들른 후 상주적십자병원에 왔었다. 그들은 아버지가 장곡리 집들이 후 구도원에서 써 왔던 귀신 신(神)자는 손을 대지 않고 그대로 제자리에 있었다.

지난 3개월 동안 장곡리와 상주를 오가며 병고로 고통받아 왔던 아버지는, 마지막 두 딸과 병간호했던 사위의 반란으로 장곡리 요양생활은 막을 내렸다. 아버지는 나를 따라 부산으로 떠날 준비를 했다.

새벽 5시다. 밥상을 차려드렸다. 언젠가 아버지와 함께 이곳 구도원으로 돌아올 날을 기약하며 집단속을 했다. 김실경 씨가 알선한 기사에게 20만 원을 선불했다. 미납의료보험료 50,000원도 지불했다. 입금확인증을 부산으로 발송할 것을 당부했다.

마지막으로 아버지의 방을 둘러보았다. 이상하다. 투병생활 중 부단히 써 오셨던 화선지의 글씨는 한 폭도 남아 있지 않았다. 그동안 전시회를 하기 위해 아버지가 차곡차곡 챙겨놓았던 서화들은 어디로 갔을까? 귀신 신(神)자만 그대로라니? 그들은 벌을 받을 것을 두려워했다. 그들은 아버지의 영혼을 훔쳐간 것이다. 딸들이 가지고 간 글씨는 그들이 팔아 생활에 도움이 됐다면 다행이다. 아버지가 마지막까지 써온 신(神)이라는 글씨 한 폭이 창문 곁 벽에 걸려 있다. 그 마지막 글은 아버지가 이곳에서 사신(死神)과 처절한 싸움을 벌인 도전장으로 보였다. 아버지는 장곡리 마당에 세워놓은 택시 안에서 처마 끝에 매달린 풍경을 응시했다.

나는 아내와 함께 아버지를 이곳으로 환향시킨 후 구도원(龜島苑)을 짓고 장곡리에서 부산으로, 부산에서 장곡리로 왕래하면서 병고로 고통받는 아버지를 마침내 부산 집으로 모시러 왔다. 구도원이여, 선영의 조상님, 아버지를 모시고 다시 오겠습니다.

　택시는 선산, 구미, 칠곡, 양산을 지나 부산 동래 온천장으로 들어섰다. 기사는 목적지로 가는 도로망을 잘 모른다. 거리의 매연가스 탓에 호흡곤란을 일으킨 아버지는 나의 안전띠를 잡아당긴다. 답답한 가슴을 견디려고 버티신다. 인근 작은 B병원에 들러 산소흡입을 시키려고 했다. 아버지는 참겠다고 하신다. 교통체증이 심하다. 장곡리에서 아침 7시 50분 출발한 택시는 1시간 늦은 11시 30분, D병원 응급실에 도착했다. 마치 고향의 안뜰에 들어선 기분이다. 90세를 넘긴 응급환자는 한 사람도 없다. 인턴을 도와 요도를 통해 방광에 유치 카테터를 삽입했다. 그리고 지하식당에서 C병원장과 함께 점심 후 응급실로 돌아왔다. 아버지는 용변을 보고 싶다 하신다. 변기에 앉히자마자 어렵게 삽입했던 유치 카테터를 뽑아버리곤 팬티에 용변을 보았다. 팬티의 앞쪽 주머니에는 옷핀을 채워져 있다. 나는 아버지의 비밀금고인 듯 보이는 옷핀을 열고 그 안에서 비닐봉지를 들어내곤 새 팬티에 비닐봉지를 넣고 다시 원상 복귀했다.

　화장실에서 응급실로 돌아온 아버지는 안절부절못하신다. 아버지는 팬티 앞쪽을 만지시곤 비닐봉지가 없다고 하신다. 나는 확인했다. 새로 갈아입힌 팬티의 비닐봉지가 감쪽같이 없어졌다. 나는 밖에 있는 둘째를 불렀다. 둘째는 두 손으로 할아버지의 팬티를 앞쪽에서 뒤쪽으로 훑어가면서 더듬었다.

— 아버지 여기 있어요.

없어졌던 비닐봉지는 아버지의 엉덩이 뒤쪽에서 만져졌다. 그것은 아버지를 아직도 살아 있게 한 어떤 불가사의한 부적의 힘 같았다. 나는 아버지 스스로 나에게 공개하지 않는 한 영원히 비밀에 붙이고 싶었다.

 주》

9) 웃옷(상의上衣)의 일본말임. 누이동생은 순천에서 출생하여 목포에서 성장하였고 엄마는 해남 출신 남자와 혼인시켰다.

구덕산 아래서
사월을
맞으며

D대학병원 10층 310호에 입원했다.

그동안 호흡곤란 증세는 잦아들고 대신 허기를 호소한다. 병원 바깥 가게에서 아버지가 즐겨 드시는 찹쌀떡과 사과를 사가지고 왔다. 양판에 즙을 낸 사과즙을 다 드신 후였다. 웬일인지 아득한 기억 속 얘기 한 토막을 들려주신다.

— 아마 6·25전쟁 수복 후였을 것이다. 구도재생원에는 국가보조가 거의 없었다. 고아들과 함께 생활하기가 너무 어려웠다. 네 엄마와 함께 부산역 맞은편 여인숙에서 기거하며 고아원 찬조금을 위해 뛰어다녔다. 그 당시 지금 이 병원 건물은 동아대학교 건물이었다. 그때 학장을 찾았었다. 아마 내가 S의대에서 B의대로 편입 후 1957년경이었을 것이다. 5천 석 사재를 다 털

고 해방을 거쳐 정부수립은 했지만 전국에 부랑하는 고아들로 득실거렸다. 정부는 고아원에 보조를 해줄 형편이 못되었고 미국 구제품으로 그 소임을 다했다고 생각했다. 정말 피눈물 나는 고아사업의 과도기였다.

아버지는 눈을 감고 옛일을 회상하시며 잠드셨다.

부산역 여인숙에 엄마를 홀로 두고 찾아갔었던 동대신동 D대학은 38년 후 오늘 아버지가 입원한 D대학병원으로 건립됐다. 그때 구도재생원 찬조금을 위해 찾아갔었던 그 장소에 세워진 D대학병원 10층 310호 병실에서 아버지는 신산했던 세월을 회상하며 잠에 빠져있다.

1993년 3월 23일 화요일

D대학병원 병실 입원 첫날 아침이다. ㄴ자 모양의 12층 병원 건물 앞쪽 10층 310호실 창문을 열었다. 뽀얀 아지랑이에 가려진 구덕산의 산복 활터 맞은편 산기슭에 세워진 과녁으로 꽂히는 햇살이 눈부시다. 오늘도 아버지의 상태는 좀 안정되어 있다. 어제 병동 수간호사에게 간병인을 부탁했다.

1993년 4월 2일 금요일

아버지를 경상북도 상주적십자병원에서 퇴원시킨 후 D대학병원 10층 310호에 입원시킨 나는 아버지의 사신이 넘나드는 길목에서 동병상련의 파수꾼이 되었고 12일째 밤을 맞이했다. 누군가 부르는 소리 있어 눈을 떴다. 아버지다.

― 홍아 가자. 화장실로……

나는 변기를 가져왔다. 소변을 보시곤 어디론가 가자고 하신다. 그대로 앉아계시다가 눕혔다. 아마 장곡리 벽체에 걸어놓으신 신(神)자의 환청일 것이다.

1993년 4월 3일 토요일

아버지의 고함 소리에 눈을 떴다. 자정이 지났다. 가자! 하시며 몸부림친다. 끊어졌다 이어지는 아버지의 고함 소리에 나 또한 환청을 들은 것 같다. 세상 사람한테는 보이지도 않고 들리지도 않는 제삼의 목소리에 아버지는 화답하고 있었다. 나는 간병 25시의 수문장이 되었다.

1993년 4월 4일 일요일

오후 7시다. 간호사가 꽂은 링거 주사액이 아버지의 팔뚝으로 점적하고 있다. 간병인을 보낸 후 병원 1층 매점에서 생수를 사 가지고 병실로 들어섰다. 링거스탠드는 바닥에 넘어져 있고 아버지는 환자복의 바지를 내리고 병실 바닥에 서 계신다. 아버지의 오른팔 수액 세트는 꽂혀 있지만 아미노피린 수액제 500ml 유리병은 박살이 나서 날카로운 유리조각들이 흩어져 있다. 가

숨이 서늘했다. 다행이 아버지는 움직이지 않은 채 서 계신다. 아버지를 침대에 눕혔다. 아버지는 나를 핏발선 눈으로 바라보신다. 팔에 꽂힌 주사 세트를 제거하고 바닥을 청소했다. 아버지는 어느새 일어나 병실 밖으로 나가려고 하신다.

밤 9시 5분이다. 아버지의 눈은 여전히 충혈되어 있다. 다시 일어나려고 몸부림치신다. 링거 세트를 제거한 오른쪽 팔뚝에서 피가 흐른다. 알코올 스펀지가 없다. 머리맡 비상벨을 눌렀다. 당직 간호사는 아티반 2.0mg를 놓고, 다른 간호사는 항생제 주사를 놓고 가려는데 아버지기 외쳤다.

— 너희들 공범이지!

두 간호사는 서로 얼굴을 마주보며 웃다가 병실 밖으로 나가 버렸다. 아버지는 이곳으로 온 후 처음으로 환영에 시달리는 것 같다. 상주적십자병원에서 매부가 아버지의 팔을 비틀고, 나의 멱살을 잡고 숨통을 조이고 하던 장면에서 강한 충격을 받았던 것 같다. 평소에 틈만 있으면 아버지에게 돈을 달라, 글을 써 달라, 하고 아버지를 괴롭혀 왔던 딸에 대한 잠재의식 탓에 두 간호사를 보곤 상주적십자병원 병실로 찾아와 아버지를 괴롭혔던 딸의 환영을 본 것이다.

당직의사는 한 번도 나타나지 않았다. 밤 11시 22분이다. 간호사가 들어왔다. 오른팔에 꽂았던 아미노피린 주사제를 철거해 갔다.

밤 11시 31분이다. 아버지는 누군가를 부르신다.

— 종식아, 종식아.

아버지의 유도 제자 중 김영식 씨가 있었다. 그분의 이름을 종식으로 부른 것이다. 유도에 대한 아버지의 남다른 애착심이었다. 유도와 심령서(心靈書)는 아버지의 영육(靈肉)을 이룬 존재 자체였고 구도(龜島)와 함께 아버지를 이 세상에서 삶의 보람을 있게 한 징표였다. 그 실체를 상실한 아버지는 허공으로 떠나가는 풍선을 보는 것처럼 정신은 텅 빈 상태로 유도 제자를 부른 것이다.

1993년 4월 5일 월요일

소파에서 눈을 떴다. 새벽 1시다. 키스모[10]에 소변이 가득 찼다. 새것으로 갈았다. 상하의도 갈아입혔다. 욕실에서 뜨거운 물에 타월을 적시어 아버지의 얼굴을 닦아드린다. 창밖에 동이 트기 시작한다.

새벽 4시 30분. 아버지는 아가, 아가하고 부른다. 밥을 달라고 한다. 아내를 부르는 것 같다. 나는 어제저녁 빵집에서 사온 두 개의 크림빵 속 슈크림과 물 한 컵을 드렸다. 키스모에 고인 소변 900ml를 비웠다.

1993년 4월 6일 화요일

지금 새벽 3시 40분. 간밤에 갈아드린 시트와 환자복 상하의는 소변으로 젖어있고 키스모의 비닐 줄도 빠져 있다. 환자복을 갈아입히고 키스모를 새것으로 갈았다. 간호사실에 갔다. 파인애플 3통을 주고 왔다.

오후 8시. D대학병원에 도착했다. 간호사들의 추천으로 채용한 간병인에게 첫 간병료를 지불했다.

9시가 지났다. 간호사가 와서 신경안정제 아티반 2.0ml를 주사 놓고 갔다.

1993년 4월 7일 수요일

새벽 4시 33분. 키스모에 소변 500ml가 고였다. 어젯밤 주사한 안정제 효과로 주무시고 계신다. 칭얼대는 어린애처럼 밤에는 흥분하고 새벽부터 조용해졌다.

1993년 4월 8일 목요일

아침 7시 45분이다.

― 탁이 아비냐.

아버지는 오랜만에 나를 찾는다.

어제 매부로부터 등기편지를 받았다. 구례섬에 기거해 왔던 둘째 누나 가족은 둘째 형이 아버지 모르게 사단법인 구도재생원 소유의 구례섬을 분할 등기하여 매각한 후로 서울로 쫓겨났다. 매부는 구례섬에서 봉사했으므로 둘째 형에게 퇴직금을 요구했지만 먹혀들지 않았다. 이번 아버지를 간병하는 것을 기회로 목적한 퇴직금을 받아내려고 나를 협박했다.

　그는 1946년 둘째 누나와 결혼 후부터 처가살이를 했다. 결혼생활 장소는 처음은 용출도(용섬)였다. 1945년 해방이 되었지만 그는 갈 곳이 없었다. 가족을 부양할 능력이 없었다. 그곳에서 그는 식생활을 해결했다. 나라는 온통 좌우 이념으로 갈라졌고 국민들은 내핍 생활을 해왔었다. 1950년 6·25전쟁 이후 주로 용섬과 구례섬에서 아버지 밑에서 함께 지내왔었다. 그리고 둘째 형에게 구도재생원의 경영권이 넘어간 후 그가 목적한 퇴직금을 요구했지만 뜻을 이루지 못하며 유야무야로 끝났다. 아버지의 간병을 자청하고부터 이루지 못한 퇴직금의 청구서가 다시 아버지에게 돌아온 것이다. 15년의 근무 퇴직금을 나에게 등기로 보내왔다. 부모님이 구도재생원을 운영할 때 갈 데 없는 그는 처가에서 의식주를 해결하기 위해 칩거했던 15년간은 자기 나름대로 급료 계산기간으로 생각해 왔다. 둘째 형에 의해 쫓겨났으므로 퇴직금은 체불상태로 생각했었다. 서울로 이주한 그는 몇 년 후 목포로 내려와 둘째 형에게 퇴직금을 요구했지만 역시 먹혀들지 않았다. 이번 아버지의 간병을 계기로 그 퇴직금을 받아야겠다는 목적을 이루지 못하자 나에게 폭력을 행사하고 자취를 감추었다.

주》
　10) 키스모: 일회용 소변백

깊어가는
아버지의
섬망

1993년 4월 9일 토요일

아버지는 누구를 부르신다. 분
명 큰형의 이름이었다. 새벽 4시
47분. 아버지는 코를 골면서 주무신다. 이제 아버지를 괴롭혔던
큰형과의 갈등을 지워버리려고 하신 것이리라.

오늘부터 음식을 거절하신다. 대신 영양제를 주사했다. 아미
노피린 주사제를 점적하고 있어 호흡곤란 증세는 일어나지 않고
있다. 그러나 며칠 전에 비해 병세는 점점 악화되고 있다. 일어
나 앉으려고 하지 않으신다.

새벽 2시 57분이다. 맥박은 79/min지만 분당 3내지 4회의
부정맥(기외수축)이 있다. 아버지의 진단명은 확장형심근염이다.
심부전에 귀속된 진단명이다. 혈압은 정상 수준을 유지하고 있
지만 심비대에서 오는 심낭의 울혈과 부종으로 호흡곤란에 하지

제2부 洛東으로 가는 길

의 부종을 일으킨다. 호흡곤란과 부종을 경감하기 위해 담당의사는 아미노피린 등 이뇨제를 사용하고, 심근활동을 강화하기 위해 강심제(디고신)을 주사했다. 기관지 경련과 심부종 및 호흡곤란 등에서 오는 불안을 안정시키기 위해 신경안정제를 주사했다. 그러나 가족들 특히 목포의 둘째 형 내외는 아버지의 병세를 이해하지 않으려고 했다. 아버지를 방치하고 자기들 목적만을 얻어내려고 했었다. 아버지는 어머니와 사별하고 단신 목포 남교동으로 내려가 계시는 동안 죽교동 92번지의 둘째 형 내외는 아버지를 냉대하고 돌보지 않았다. 죽교동 92번지에서 기거하시는 아버지는 숨이 막혀 전화했지만 전화를 받은 형수는 무참히 끊어버렸다. 길가에서 허우적거리며 택시를 타려는 모습을 목격한 세입자의 도움으로 아버지는 성 콜롬방병원 응급실을 거쳐 중환자실로 입원했다. 아버지의 병세는 확장형심근염에 심장성 천식으로 인한 호흡곤란 증세였다. 얼마나 급박한 위급상항이었던가. 급박한 환자가 119에 신고했지만 구급대의 수신인이 위급전화를 거부했다면 미필적 고의에 의한 살인미수행위에 해당될 것이다. 사활이 경각에 달린 구급행위를 거부했다면 아버지는 죽어도 상관없다는 심리로 행동했을 것이다. 그러므로 형수는 바로 독부였다. 절명 직전 시아버지의 응급요청 전화를 끊어버렸기 때문이었다.

아버지의 병세는 일진일퇴하며 어느 때는 숨이 차고 어느 때는 흥분하여 불안에 떨기도 하신다. 그러나 평생 동안 단련해 오신 체력으로 인해 병마를 버티고 계신다.

1993년 4월 12일 월요일

밤 9시다. 아버지는 밥도, 라고 말하신다. 사과 한 알을 강판으로 즙을 내어 슈크림을 풀어서 드렸다. 30분 후 화장실에서 대변을 보신 후 욕조에 온수를 받아 목욕해 드렸다. 무릎의 관절을 펴지 못하신다. 매일같이 온수욕으로 혈액순환과 관절의 운동을 시켜야 하는데 확장형심근염을 악화시킬 수 있어 주저한다.

밤 11시 31분. 아버지는 눈을 감은 채 누구를 부르면서 말씀하신다.

— 꿈에 군인이 총을 쏘았다. 내가 죽었다. 그리고 나를 데리고 갔다.

나는 아버지 곁으로 갔다.

— 아버지, 내가 군인에게 사정해서 이곳 병원으로 모시고 와서 살렸습니다.

아버지는 어깨를 움찔하신다. 앞으로 다가올 운명적인 사건을 묵시하는 듯하다. 나는 1985년 아내와 나에게 닥쳐왔었던 불운의 함정에서 빠져나왔던 기억을 아직도 지워버릴 수 없었다. 그때도 군인들이 쳐들어오는 꿈을 꾸었었다. 그러므로 아버지의 꿈에서 나타난 군인은 불운의 상징임에 틀림없다. 지금 밤 11시 50분. 키스모에 소변이 가득 찼다. 새것으로 갈아 끼웠다.

1993년 4월 14일 수요일

저녁 8시 1분이다. 병실로 들어섰다. 대변 냄새가 난다. 아버지는 침대에 누워 용변을 하시고 간병인은 대변을 치우고 있다. 환자복의 아랫바지와 키스모에 대변이 묻어 있다. 간병인과 함께 아버지를 씻기고 환자복을 갈아입혔다. 며칠 동안 대변을 보시지 않아 걱정했는데 다행이다.

아버지의 고함 소리에 눈을 떴다.

4월 15일 새벽 1시경이다. 꿈속에서 혼자 말을 하신다. 아버지는 정신행동증상으로 불안 망상 환각 등으로 또 다른 자신과의 대화를 즐기신다. 바로 섬망이다.

1993년 4월 16일 금요일

아침에 간병인에게 간병료 140,000원을 드렸다.

저녁 7시 병원에 도착. 아버지를 휠체어에 태우고 10층 복도를 돌아 병실로 들어왔다. 간병인은 오늘 처음으로 안정제를 복용 안 시켰다고 한다. 그 탓인지 아버지는 밤 10시경 고함을 지르시고 흥분하신다. 간호사는 신경안정제 주사를 가져왔다.

1993년 4월 17일 토요일

자정이 지나 아버지는 잠이 드셨다. 담당의사는 고민한다. 깊어가는 섬망 증세를 완화시키려고 신경안정제를 계속 시주하면 심근염 증세는 악화될 수 있기 때문이다.

아침 6시 15분. 아버지는 어젯밤 갈아 끼운 키스모의 연결부위 반창고를 손끝으로 잡아떼고 있다. 결국 소변은 밖으로 새어나오고 환자복과 시트를 적셨다. 아침 식사가 들어왔다. 사과 한 알을 강판으로 즙을 내어 입에 떠 넣어 드렸지만 눈을 뜨려고 하지 않으신다.

저녁 8시 D병원 입원실에 도착했다. 내일 일요일은 간병인의 휴무일이다. 그동안 낮이면 부전동 병원에서 환자를 보고 밤이면 아버지의 간병에 심신이 지쳐 있다. 아버지는 입원 이래 오늘은 처음으로 앉아있겠다고 하신다. 말이 없다. 할로펠리돌 2.0mg을 복용하고 20분 후 잠이 드셨다.

1992년 4월이었다. 아버지는 그때 서울 강남성모병원에 입원하셨다. 아버지의 요구대로 시외버스터미널 운동기구점에서 8.0kg 아령을 사다 드렸다. 아버지의 희망은 장수였다. 아버지의 장수 비결은 인명은 재인(在人)이었다. 장수를 위해 부단히 노력하셨던 아버지는 지금 병마와 싸우고 계신다. 지금 밤 9시 48분이다.

1993년 4월 18일 일요일

간호사들은 전에 일어났었던 수액 스탠드의 파손을 방지하려고 오늘 수액제를 주사하고 양 손목을 양쪽 침대 손잡이에 고정시켰다. 보호자의 동의 없는 억제대의 사용은 심한 오해를 일으킬 수 있으므로 간호사의 처리는 경솔했다.

— 이것 좀 풀어줘요. 선생님. 이것 좀 풀어줘요.

아버지의 소리에 나는 눈을 떴다. 밤 10시가 지났다.

— 아버지, 조금 있다가 모두 풀어 드리고 목욕시켜 드리겠습니다.

만일 둘째 형이 부모의 생명 같은 구례섬(龜島)를 매도하지 않았다면, 큰형이 용출도와 남교동의 건물을 없애지 않았다면 아버지는 뜻대로 장수하셨을 것이다. 두 형은 어머니를 신안보육원 바닷가에 매장하고 아버지를 이 지경으로 만들었다. 아버지는 장수를 위해 그 고통을 감내하려고 하였지만 제정신을 놓아버린 것이었다. 나는 백부님의 예언대로 섬망에 빠진 아버지 곁을 떠날 수 없어 끝까지 함께 오열하고 있다.

1950년 6·25전쟁 때였다. 그때 아버지 나이 50대였고 나는 10대 소년이었다. 그날 아침 방첩대에 연행된 엄마는 하루가 지나도록 돌아오지 않았다. 아버지 유도 제자의 전갈로 방첩대 지하에서 발견된 엄마를 구도(구례섬)를 거쳐 용출도로 옮긴 후 10

대인 나의 간호로 회복되기 시작했지만 왼쪽 발목의 골절을 입은 엄마는 여전히 왼쪽 다리를 천장을 향해 매 놓고 있었다. 그런 엄마를 두고 아버지와 나는 정처 없이 일엽편주로 피난길을 떠났다.

그 뒤 안 일이지만 6·25전쟁을 전후해서 방첩대는 빨갱이 잡는 군경 혼성체로 무소불위 민간 사찰 및 살해를 불사하는 군 조직체임을 알았다. 미군방첩대(CIC)에서 유래한 군 정보조직은 일본관동군 헌병 오장이었던 김창용을 주축으로 방첩대를 조직하여 6·25전쟁 개전 당시 경찰 사찰계와 육군본부 정보국(CIC)과 함께 무수한 양민들을 학살했다. 엄마는 6·25전쟁으로 인한 군경 철수작전 당시 방첩대의 잔인한 고문을 받았다.

고문 사건을 세상에 알리려고 방첩대 3층 고문실에서 투신한 엄마를 찾아낸 우리는 엄마를 용섬에 옮겨두고 바닷길에서 겪었던 공포의 사건들은 나의 일생을 통해 잊을 수 없었다. 부모자식 사이에도 인연이 닿는 자식은 따로 있었다. 7남매 중 오늘에 이르기까지 부모님과의 인연을 어떻게 설명할 수 있을까.

부처님의 인연설은 우주의 신비에서 풀이되어야 할 것이다.

43년 전 아버지와 함께 겪었던 생사의 순간들은 인(因)이었고, 오늘 함께 있게 한 연(緣)에 와 닿은 것이다. 생사의 고비마다 나는 아버지와 함께 해 왔다. 부처님의 12인연법, 생로병사를 함께하는 사람이야 말로 인연이 닿는 사람일 것이다.

　아버지는 상주적십자병원에서 딸들과 사위와 마지막으로 헤어지면서 나에게 후사를 맡긴 것을 나는 알고 있었다. 꺼져가는 가문의 등불의 심지를 다시 올려주기를 원하고 계셨다. 유수한 사업가 재벌들의 후손들처럼 아버지가 동산과 부동산을 나에게 상속하여 주는 아버지도 아니었다. 내가 아버지에게서 물려받은 상속이 있다면 고통스런 생활을 살아온 불굴의 의지뿐이었다. 그런데 두 형들은 아버지에게서 재물을 빼앗고 절망만 주었다. 죽교동과 남교동의 대지, 용출도, 구례섬의 처분 등 모든 것들은 아버지의 뇌리에 각인된 무의식 속의 고함 소리만을 남겨놓았다. 그럴수록 아버지는 모든 것을 체념하고 마음을 비우려고 원망스런 자식들 이름을 불러대곤 고함 소리로 다 털어버리려고 하신다.

　새벽 3시 59분이다. 아버지의 소변 백에서 소변이 넘쳐 스테인리스 변기 안에 고여 있다. 1000ml의 소변을 버렸다. 아버지와 약속한 대로 목욕시키려고 일으켜 세웠다. 침대의 시트와 환자복은 소변에 저려 있다. 아버지를 안고 화장실의 변기에 앉혔다. 그리고 욕조에서 아버지의 머리와 얼굴 몸에 비누질을 하고 욕조에 물을 채우는 동안 새 시트와 환자복을 준비하곤 아버지를 안고 침대에 눕혔다. 환자복을 입히고 새 키스모로 갈아 끼웠다. 창밖 구덕산 활터의 맞은편 과녁으로 떨어지는 4월의 봄날 아침 햇살이 눈부시다.

아침 7시 45분이다.

─ 원태야.

하신다. 그러다가

─ 탁이 아비야.

하신다.

무슨 말을 할 듯하시다가 주무신다. 오늘은 일요일. 새 간병인이 왔다. 아침에는 우유를 드리고 다른 음식은 조금씩 드리도록 부탁했다. 조용히 누워 계시는 아버지를 보고 9시에 집으로 왔다.

정오 지나 양구 공병대에서 군의관으로 근무 중인 아비가 휴가차 부산으로 왔다. 32년 전 내가 근무했던 2사단의 양구 근처 1사단 예하부대 군의관으로 근무하고 있다. 32년 전 아비는 갓 돌을 지난 아이였다. 자기 할머니는 갓 돌을 지낸 손자를 안고 서울 강남버스터미널까지 와선 아내와 손자를 양구로 가는 버스 바깥에서 전송했었다.

나와 아내, 그리고 아비에 이어 둘째 환까지 네 식구가 되기까지 양구군 중리 집에서 두 번의 겨울을 지낸 후 전라도 광주 상무대 77육군병원으로 전속되어 광주 계림동의 골목 저지대로 이사 왔었다. 장마로 인해 살고 있는 집이 침수됐다. 엄마의 부탁으로 찾아온 둘째 형은 두 애들이 잠든 단칸방까지 침수되어 물을 퍼내고 있는 아내의 모습을 보고도 모른 척 뒤돌아섰던 그 해로부터 4년 후였다.

나는 제대 후 B대학병원에 전문의 수련 중이었다. 부산중부경찰서에서 전화를 받고 찾아갔다. 둘째 형은 밀수사건에 연루되었다. 나는 보호자로 구치소에 있는 둘째 형을 면회했었다.

계림동 저지대 여름 장마로 침수되어 단칸방에서 잠들고 있었던 다섯 살배기였던 아비는 군의관이 되어 할아버지가 입원한 D병원으로 찾아왔다.

나는 저녁 7시에 D병원에 도착했다. 간병인을 보낸 후 강판에 사과즙을 내고 빵 속 슈크림으로 만든 크림스프를 드렸다. 저녁 9시경이다. 아버지의 고함 소리가 들린다.

— 영태야, 나를 형무소에 데려가 달라! 얼마 전에 서울 다녀왔는데 다 알았다.

아버지는 두 번의 고함 소리 끝에 한맺힌 말을 토해냈다.

큰형은 목포 남교동 건물의 전세금 받았던 돈을 써버렸다. 아버지는 큰형에게 전세 준 집을 비워달라고 했지만 이미 임차인에게서 받은 돈은 없어졌다. 서울 서초동으로 간 큰형은 누이동생들의 소개로 숙이 엄마를 소개받아 서초동 집의 임차계약금을 받았다. 아버지는 숙이 엄마에게서 중도금을 받으려고 했지만 이미 큰형이 중도금을 받아갔다. 잔금 일부만 남아 있었다. 큰형으로 인해 부모의 마지막 아파트 한 채 값이 허물어졌다. 이 사실을 알고 있었던 아버지의 상심은 형언할 수 없었다. 조금 전 아버지는 말했다. 얼마 전 서울 다녀왔다. 다 알았다. 아버지는 큰형이 아버지 몰래 서초동 아파트 중도금을 받았다는 사실을 오늘 비로소 나에게 비몽사몽간에 고백했다.

봄은 벌써 창밖에서 머뭇거린다.

1993년 4월 20일 화요일

갓 졸업한 간호전문대 간호사는 아버지의 팔뚝을 엉망으로 만들었지만 불평 한 번 없다. 새벽 1시다. 할로페리돌 주사를 겨우 놓고 나갔다.

병실의 창밖이 밝아오고 있다. 구덕산 산복 활터는 하루가 다르게 파릇함을 덧칠하고 아침 안개가 걷힌 후 나무들은 봄바람에 하늘거리고 있다. 이름 모를 새들은 창밖에 머물다 사라지곤 한다. 창밖 벚꽃 잎들은 봄의 한가운데서 꽃비를 흩날리고 있다.

휴가차 내려온 아비는 연고지별 인사이동을 하는데 0순위라고 한다. 32년 전 나의 군의관 전출 때와는 판이하게 다르다.

저녁에 D병원에 도착했다. 아버지의 환자복과 시트는 소변으로 젖어 있다. 새것으로 갈고 새 환자복을 입었다.

1993년 4월 21일 수요일

자정이 지나서였다.

— 경태야!

처음으로 둘째 누나의 이름을 부른다. 상주적십자병원으로 매부를 데려와 병실에서 행패를 부리고 그동안 장곡리 구도원에서 써놓으신 아버지의 화선지 글씨를 몽땅 가져간 둘째 누나에 대해서 마지막 용서를 한 모양이다. 아버지는 자식의 모든 허물을 훌훌 털어버리시고 계신다.

1993년 4월 23일 금요일

D병원 입원실로 들어섰다. 오후 7시다. 웬일인지 우동을 드시고 싶다고 하신다. 처음 있는 일이다. 병실 창문에서 바라다보면 정문 맞은편 식당이 보인다. 우동 한 냄비를 주문했다. 냄비째 드렸다. 그러나 국물만 드신다. 아버지는 평소에 신선이 드시는 음식이라고 해서 즐겨 드셨다. 그런데 국수는 드시지 않았다.

어느 집안의 얘기가 떠올랐다. 평생을 부모와 함께 살고 있는 장남은 부모가 하자는 대로 해서 부모 곁에서는 경제적 자립을 할 수 없다. 둘째 아들은 은행원 생활을 하다가 병들어 요양생활을 하던 중 부모가 하던 사업체를 물려받는다. 그러나 장남은 부모로부터 극장 사업체를 맡았는데 형사 사건으로 부모가 사시던 집까지 처분해야 했다. 두 아들은 부모님의 마지막 재산인 건물 대지에 건축업자와 짜고, 아버지는 대지만 대고 집을 지으면 준공한 건물 1층 전체를 아버지의 소유로 해드리겠다고 약속했다.

아버지는 완공된 건물 1층에서 유도장을 개설하고 서예를 할 수 있을 것이라는 희망에 차 완공일만 고대하고 있었다. 1년 후 건물 5층은 준공되었지만 아버지에게 약속한 1층 소유권은 이행하지 않았다. 건물은 모두 타인의 명의로 분할 등기되었다. 달아난 건축업자를 형사 고소하였지만 두 아들과 깊이 관련되어 있었다. 이 사실을 막내아들에게 알리고 도움을 청했다. 막내아들은 아버지가 손수 작성한 고소장을 들고 관할 검찰청으로 갔다. 막내아들은 검찰청 민원실에 고소장을 접수하고 집으로 돌아왔다.

— 아버지 심증이 맞습니다. 자식은 아버지를 속여도 아버지는 자식을 속이지 못합니다. 아버지, 두 형에게 양심의 고통을 주어 뉘우치도록 합시다.

아버지는 고소를 취하했다. 그 후 두 형들은 아버지가 고소장을 취하한 사실도 모르고 멀리 떨어져 있는 동생에게 이렇게 말했다.

— 건축업자가 다 매도해 버렸고 우리는 모르는 일이다.

그러나 부모는 이것까지는 용서했다. 그러나 큰형은 용출도를 팔아버렸고 둘째 형은 타인에게 구례섬을 매도했다. 매도한 죽교동 대지 매도금의 일부로 신안군 압해면 갯벌가 동서리에 아동복지법인 신안보육원을 설립했다. 각고 36년 동안 구도재생원 사단법인을 이어 온 섬들은 모두 없어졌다. 구도재생원은 부모의 생명과도 같은 섬들이었다. 약탈한 섬들은 간데없고 신안 보육원은 구도재생원의 시체에 불과했다. 아버지는 가슴에 맺힌 말을 제정신으로 말할 수 없었다. 평소에는 미치지 못했던 무의 식의 한계가 무너지고 아버지의 의지와는 전혀 다른 아버지의 모습은 제 삼의 목소리가 되어 시도 때도 없이 아버지의 입을 빌 려 진실이 밝혀진다.

아버지 입을 통해 나온 말이지만 이미 아버지의 권한 밖의 말 은, 아버지를 괴롭혀 왔던 일들은, 아버지를 병들게 만든 입증자 료일 수 있다. 아버지는 의식역에서 아버지를 고문하여왔던 고 통을 아버지의 신선도적 해탈로 의식역 아래로 밀리어 무의식계 로 밀려났었지만, 두 자식에게 당했던 고통은 소멸되지 않았다. 이제 아버지의 의식역 아래로 숨어있던 무의식의 그림자는 성큼 성큼 아버지에게 입을 벌리게 하곤 아버지를 괴롭히고 있다. 억 압된 아버지의 입은 고삐 풀린 망아지처럼 끊임없이 의식계 인 간들이 들을 땐 전혀 상반된 말로 불쑥불쑥 튀어나왔다.

4월 23일 금요일

새벽 12시 44분이다.

— 진태야, 미안하다. 잘못했다.

아버지의 입에서 골수 깊이 맺혀왔던 한을 둘째의 이름으로 토해냈다. 그러나 사경을 헤매고 계시는 아버지의 의식역의 반

의어는 이렇게 말하고 있다.

'진태야, 네가 나를 이렇게 만들었다. 알겠니!'

아버지는 부자간의 상처를 잊으려고 의식계 아래로 떠밀렸던 고통은 지금 무방비 상태로 다시 닫혀진 의식계로 솟아오른 것이다. 외려 아버지가 죄인으로 자청하여 모든 것을 용서하고 계신다. 자기를 죽음에 이르게 한 두 자식들, 천륜을 어긴 불효를 용서하시고 애증의 갈림길에서 아버지는 천륜의 사랑을 선택하셨다. 부모란 언제나 조건 없이 베풀기만 하는 존재이어야 하고 공여자이어야 하는가. 공여자인 부모는 말없이 사랑만을 택한다고 자식들은 부모님의 의중을 잘못 읽으면 공여자의 입은 더욱 무거워지고 자식에 대한 불신으로 연결된다. 이 불신의 고리를 자식들은 풀려고 노력하지 않으면 부모님의 마음은 영영 풀리지 않을 것이다. 아버지가 마지막 택한 사랑은 그러한 불신의 고리에 의해 아버지 스스로 구속당하기를 거부하고 있는 것이다.

이승에서 부자간에 맺힌 한을 한쪽인 부모가 풀지 않으면 영원히 부모의 상처와 불효는 남는다. 그 자식들은 그러한 아버지의 의중을 모르고 있다. 비록 자기 아버지는 죽음에 이르는 고통을 지닌 채 한은 잊으려 하고 있었지만, 교회의 장로로서 부모님에 대한 회개의 양심에 호소하려는 마음은 추호도 나타내지 않은 채 양심을 속이고 위선으로 가득 찬 신안보육원을 설립하였다. 장로는 집안 형제간의 의리를 저버린 채 홀로 이 세상에 청청(靑

靑)하면서 부모의 괴로움에서 도피한 자식이었다. 그러나 아버지는 그런 패륜아적 자식을 이승에서 마지막으로 용서하시고 계신다.

나는 아버지가 나에게, 네 엄마가, 하고 엄마라는 말소리에도 눈물이 난다. 신안군의 바닷가에 묻히신 어머니는 전라도에 와서 평생을 몸뻬바지에 흰 고무신만을 걸치시고 다녀셨다. 부랑 아들의 때를 밀고 온갖 인고와 풍상을 겪으면서 구도(龜島)에서 일생을 보내셨다. 부모의 기념비적 섬인 구도를 그러나 둘째 형은 부모 몰래 팔아버렸다. 왜 그랬을까? 어느 때인가는 아버지 사후에라도 묘 앞에서 참회의 눈물을 흘릴 것인가. 둘째 형은 아버지의 심장으로 흐르는 맥박을 폐쇄시키고 있음은 부인할 수 없을 것이다.

그러나

— 진태야, 용서하라.

아버지는 말했다.

— 아버지, 죽을죄를 지었습니다. 불효자를 용서하십시오.

작별을 고하는 아버지에게 마지막으로 참회의 눈물을 흘렸다면 아아 얼마나 아름다운 이별일 수 있을까. 아버지는 둘째 형에게서 마지막 말을 듣지 못한 채 작별을 고하려고 하신다. 그러나 아버지는 아직 미련을 버리지 못하고 계신다. 아버지는 용서를 비는 둘째 형의 말을 한 번만이라도 듣고 싶었다. 아버지는 이승에서 천륜의 사랑으로 자식의 허물을 모두 덮어버리고 싶었다. 가엾은 아버지. 어릴 적 내가 아프면 그렇게도 끔찍이 밤을 새워가며 걱정하시던 아버지에게 지금 나는 속 시원히 아버지를 위해 도와줄 수 없다.

S의과대학을 마다하고 B의과대학으로 가기 위해 낯선 B시로 내려오면서 함께 걱정을 해주시던 아버지에게 보답해 드리기 위해 나는 천사 같은 아내를 만났고, 의사로서 모든 자격을 손에 쥐고 외국 취업의 길을 떠나기 전 가족의 비자와 항공권을 정부에 반납했었다. 천사 같은 아내의 말을 따라 부모를 위해 생의 단 한 번뿐이었을 미국 취업의 기회를 접었다. 그것은 어머니가 외국유학의 꿈을 포기했던 심정과 같았다. 아버지와 저는 '가회동의 위대한 유산' 아래서 숙명적이었다.

'아버지, 그냥 이렇게 보낼 수 없습니다. 훌쩍 가버리시면 이렇게 밤을 지새우며 간호를 해드리고 싶어도 해드릴 수 없습니다. 살아서 갈 수 없는 저승의 세계. 그래서 나는 아버지의 괴로워하시는 시간을 함께하며 하나도 놓치지 않고 아버지의 괴로움을 기록하고 있습니다.'

아버지는 누군가를 부르신다.

― 야아, 야아.

벌써 새벽 2시를 지나고 있다.

구례섬의
꿈을
그리며

　　오매불망 아버지는 구도(龜島)를 잊지 못했다.

　　청사포 가는 언덕 위의 집으로 아버지를 모시려고 했다. 아침 햇살에 반짝이는 송림 사이로 한없이 펼쳐진 바다를 바라다보며 아버지의 속죄의 섬, 구도의 꿈을 그리며 여생을 위로받도록 하고 싶었다. 아버지의 병세는 그러나 날로 악화되어 가고 있었다.

1993년 4월 24일 토요일

　　어제 오전 11시쯤이었다. 아내와 다윤 어미는 D병원에서 퇴원하게 될 아버지를 모실 아파트를 물색하러 나섰다. 부전동 병원에서 어린이대공원으로 뚫린 초읍 쪽 아파트를 우선순위로 잡았다. 초읍의 복덕방에서 전세물건을 찾았다. 백양산 끄트머리 산자락 아래 위치한 20년은 넘었을 허름한 아파트였다. ㄷ자형의 건물 1층 106호가 물건으로 나왔다. 아버지가 기거하게 될 방의 베란다 창문을 열면 우거진 송림에서 소슬바람이 밀려들었다. 그러나 현관문에는 민낯의 신발장이 보이고 한 평 반가량의 한 칸 방이 딸려 있다. 좁은 복도를 사이에 두고 맞은편으로는 여섯 평 정도의 온돌방 바로 위쪽으로 서너 평가량의 온돌방이 미닫이문으로 가로막고 있다. 여섯 평 온돌방은 베란다를 향해 유리 미닫이문으로 경계를 이루고 있다. 서너 평의 윗방은 아버지를 간호하기에 알맞은 구조다. 베란다로 통한 유리 미닫이문을 열면 바람에 흔들리는 송림의 정취를 볼 수 있었다. 베란다의 왼쪽 끝자락 철문 안은 고물 보일러가 숨어 있다. 오래 된 구조물을 제외하고 방안에서 백양산 산자락 아래 송림과 벗할 수 있어 아버지가 기거하시는데 안성맞춤이었다.

1993년 4월 25일 일요일

오전 7시 30분. 소변에 저린 침대의 시트와 환자복을 갈아입히고 키스모를 다시 갈아 끼웠다. D병원의 기억에 남은 것이라곤 휴가를 다녀와 어제부터 근무하는 L간호사다. 육신이 병든 환자에게 웃음을 잃지 않는 L간호사는 천사 같다. L간호사의 소개로 아버지의 간병을 맡은 K여사에게 사과 반쪽을 갈아 드리도록 부탁했다.

오후 4시쯤이다. 어제 전세로 들어갈 초읍 T아파트를 확인했다. 그런데 하루 사이로 전세가 나갔다고 한다. 부전동 병원에서 가장 가까운 아파트는 이곳뿐이었다. 욕심을 내자면 해운대 청사포 부근에 집을 계약했어야 하나 역시 위급할 때가 문제였다.

저녁 무렵 D병원 병실로 돌아왔다. 아버지의 눈에 안질이 생겼다. 안약으로 씻어냈다. 사과즙에 크림빵의 슈크림을 넣어서 드렸다. 며칠 전부터 거식 증세를 일으켰다. 불길한 징조다.

1993년 4월 26일 월요일

지금 새벽 2시 23분. 아버지는 상체를 일으켜 세우려고 하신다. 아침 7시 K간병인과 교대 후였다. 초읍동 복덕방을 찾아 나섰다. 지난번 복덕방으로 갔는데 T아파트의 입주 예정자가 계약을 취소했다고 한다. T아파트 106호를 살폈다. 전에 확인하지 않았던 욕조의 수도전을 틀었다. 주황색 녹물이 나온다. 한참 후 맑은 물이 나왔다. 계약자는 그래서 계약을 취소한 것 같다. 서울 서초동 아파트 106호와 호수가 똑같다. 봄비가 내리고 있다. KAL로 서울에서 내려온 둘째가 임대차계약을 하고 올라갔다.

저녁 7시. D병원으로 돌아왔다. 아버지의 음식섭취량이 점점 줄어든다. 병원약국에 아미노산 주사제 2병 값을 선납했다. 원가의 두 배다. 아버지의 눈에서 진물이 자꾸 흘러내린다. 안약으로 씻어냈다.

밤 11시경이다.

— 영태야, 진태야.

하고 두 형의 이름을 부르신다.

— 안 죽는다. 가자!

하신다. 아버지는 평소 주위 사람에게 백세 장수를 선언해 오셨다. 자식들에게 공언하신 장수를 증명하려고 사신(死神)과 치열한 싸움을 벌이고 계신다. 목포 남교동 건물 앞에 세워진 이백세기념비(貳百歲記念碑)에서 아버지의 장수를 위한 집념을 볼 수 있다. 이백세 장수기념비 제막식에 앞서 전단을 뿌리고 초대장을 보내어 제막식을 성대히 개최한 적이 있었다. 아버지는 그 기념비 앞에서 아침마다 아령으로 운동을 하시면서 이백세 장수운동을 실천으로 보여주셨다. 그러나 발병 후로는 한때 중단하여 왔지만, 가톨릭성모병원으로 전원 후 아버지의 뜻에 따라 아령을 구입하여 드렸다. 또다시 이백세 장수운동을 실천하였다.

행인들은 구십 세를 넘긴 노인이 백발을 날리며 아령으로 아침마다 단련하는 모습을 보기 위해 모였었다. 그러나 두 형들은 아버지의 그런 모습을 기행(奇行)으로 단정하였다. 창피해서 못 살겠다고 하면서 비석을 뽑아 바다에 쳐넣겠다고 극언하였다. 아버지의 양아들인 이 상사만이 아버님은 하늘에서 내리신 분으로 비석을 세워드릴 때마다 수명이 연장된다고 아버지의 분신처럼 행동했다.

　나는 아버지의 장수에 대한 갈망과 두 형들과의 갈등을 보여주는 단편 「비석을 위하여」를 모 출판사에 응모하여 당선됐다. 이 단편을 장편소설로 『洛東으로 가는 길』의 주제의식에 삽입했다.

　단편 「비석을 위하여」라는 주제의식에는 둘째 형이 구례섬(龜島)이라는 구도재생원을 부모의 허락도 없이 처분한 울분과 고난의 가시밭을 장수로 보상받기 위한 처절한 아버지의 생애를 형상화하려고 했다.

나의
첫 단편소설
「비석을 위하여」

깊은 밤, 아버지의 숨소리가 점점 거칠어져 갔다, 그때 쿵쿵, 지축을 흔드는 소리가 담장 쪽에서 들려왔다. 무슨 소린가? 모두 귀를 기울이다 밖을 내다보았다. 시커먼 포클레인이 들창 밑에 멈춰 있었다.

— 몽땅 들어내시오. 다치지 않게.

웬 사내의 투박한 목소리가 들렸다. 콘크리트 바닥을 쿵쿵 서너 번 내리찍던 포클레인의 거대한 손이 검고 흰 화강석을 들어올렸다. 순간 덜커덩, 뭔가에 부딪히는 둔중한 소리가 밤공기를 뒤흔들었다.

— 걸렸소, 포클레인 바가지를 바짝 낮추소.

칠흑같이 어두운 밤, 주변의 식별이 잘 안 되는가 보았다. 포클레인의 긴 갈고리가 어딘가에 또 부딪히더니 육척 길이의 돌이 길바닥에 쿵, 떨어졌다. 이어 시멘트 바닥을 날카롭게 긁어대는 쇠붙이 소리가 몇 번 번갈아 귀청을 후볐다. 잠시 뒤 트럭 운전석 옆에 앉았던 사내가 명령했다.

— 갑시다.

차가 불빛 쪽으로 나오자 두 동강으로 토막 난 화강석이 트럭에 실려 있는 게 보였다. 큰형이 바깥으로 나가 소리쳤다.

— 어디서 왔소!

— 중·장·비·사·업·소!

포클레인 운전석에 앉은 사내가 귀찮은 듯 큰소리로 느릿하게 말했다.

— 중장비사업소에서 왜 남의 비석을 파내 싣는 거요?

기사는 가까이 오라고 손짓했다.

— 의심나면 전화해 보쇼. 도급 맡았으니께.

— 이보쇼. 비석 임자가 여기 있는데 누가 누구한테 도급 맡았다는 거요?

— 시청에서요.

— 시청에서?

— 시청에서 인정사정 보지 말고 빼내 오랍디다. 도로교통법 위반이니께. 시청에 가서 항의하소.

악몽을 꾸듯 순식간에 벌어진 일이었다. 트럭과 포클레인은 땅을 굴리며 서서히 어둠 속으로 사라졌다. 아버지의 임종을 보

려고 모였던 형제들은 어느새 바깥으로 하나 둘 나와 모두 망연
자실, 그 검은 괴물의 뒷모습만 바라보았다. 아흔둘인 아버지는
지난 석 달 동안 몇 번이나 사경을 헤매다 다시 깨어나곤 했다.
그때마다 서울과 부산 등지에 있던 우리 형제들은 임종을 보기
위해 부랴부랴 모이곤 했다.

― 오늘밤은 못 넘길 것이다.

큰형은 은밀하게 중얼거렸지만 일부러 그러는 것처럼 아버지
는 새벽이면 멀쩡하게 눈을 떴다. 모두들 며칠째 밤을 새웠다.
올해 일흔둘인 큰형부터 쉰넷의 막내인 나까지 다섯 명인 우리
형제자매는 모두 파김치가 되어 쓰러졌다. 이렇듯 병원에서 세
차례나 입퇴원을 되풀이했던 아버지의 임종을 지키기 위해 몇
번이나 가족들이 모였는지 기억조차 없다. 무엇이 아버지로 하
여금 이 세상에 그토록 끈질긴 미련을 갖게 하는 것일까…… 우
리는 다시 방으로 들어왔다. 아버지의 숨결이 더욱 거칠어졌다.

― 오늘은 틀림없는 것 같다. 비석이 뽑혀져 나가서 그런지 아
버지도 기력이 빠지시는 것 같다.

큰형이 또 조용히 중얼거렸다.

아버지가 거처하는 곳마다 은밀히 비석을 세우고 있다는 비밀
을 내가 처음 알게 된 것은 아버지를 서울 병원에 입원시킨 뒤부
터였다. 그때 아버지는 서울 생활을 청산하고 이곳 시골로 내려

온 지 삼 년째 되는 해였다.

　한때 서예계의 원로로 대접받아 오던 것들이 점점 소홀해지자 아버지는 낙향하여 후진을 양성하겠다며 수시로 말해 오다 어머니가 세상을 뜨시자 아예 서울 서초동 아파트를 제자에게 넘겼다. 필요하면 언제든지 서예 작업을 할 수 있도록 방 하나는 비위주겠다는 약조를 받고서였다. 시골로 내려간 아버지는 남교동 5층 건물 중 1층을 수리하고 유도장까지 차렸다.

　오월 중순경 뒷수발하던 조카로부터 아버지의 입원 소식을 전해들은 우리 형제들은 모두 이곳에 모였다. 부산에서 개업의사 생활을 하는 나를 빼면 나머지 형제들은 모두 서울에 있었다. 퇴원을 해도 당장 병구완할 사람이 없는 형편에 서울로 모시는 게 좋지 않겠느냐, 서울에 사는 두 누님이 의견을 내놓았다. 두 형 모두 특별한 대책이 없어 결국 의사인 내가 아버지를 서울의 병원으로 입원시키는 일을 맡기로 했다. 마이크로버스에 산소탱크를 싣고 두 누님과 우리 내외는 시트를 침대로 고쳐 노인을 눕히고 팔뚝에는 링거를, 코에는 산소 줄을 꽂은 채 정오쯤 서울로 향했다. 가는 도중 환자가 숨이 차면 나는 운전기사에게 버스를 산모퉁이에 세워 창문을 활짝 열어 놓곤 했다. 아침 열 시경에 출발한 버스는 밤 열 시가 지나 서초동 성모병원 응급실에 도착했다.

　입원 이틀째 아침이었다. 한 무리의 회진 의사들이 거쳐간 다음, 아침을 먹으려고 막 병실을 나서려는데 양복을 단정히 입은 건장한 중년 사내가 입원실로 들어왔다.

— 형님, 처음 뵙겠습니다. 저 백상연입니다. 고생 많으셨지요?

짧게 깎은 머리에 각진 턱과 널찍한 어깨가 인상적이었다.

— 아, 네……

나는 얼떨결에 말끝을 흐렸다.

— 인사드리겠습니다.

그는 허리를 굽혀 깍듯이 네게 절을 올렸다.

— 얘, 민기야. 내가 전에 얘기했던 백 상사(上士)다.

큰누님이 사내를 알아보고 내게 말했다.

— 처음 뵙겠습니다.

나는 머쓱하게 손을 내밀어 악수했다.

— 말씀 낮추십쇼. 형님.

그는 첫 대면부터 나를 압도하는 듯 경상도의 억센 톤으로 형님이라 호칭했다.

— 아버님 문안 올리겠습니다.

대충 인사가 끝나자 백 상사는 아버지를 향해 섰다. 눈 깜짝할 사이였다. 조금 전만 해도 분명 아버지의 코에 매달려 있던 산소 흡입 호스가 안 보였다. 이곳에 입원해 있다는 사실이 믿어지지 않으리만큼 몸을 벌떡 일으켜 침상 가운데로 가 앉은 아버지는 뽑혀진 산소흡입 호스를 손에 거머쥔 채 너무나 멀쩡해 보였다.

— 안 돼요.

나는 말렸지만 아버지는 못 들은 척 환자복의 옷깃을 고치고 백 상사를 향해 무슨 의식을 치르듯 좌정했다. 백 상사는 익숙한 동작으로 병실 바닥에 무릎을 꿇었다. 그의 팔꿈치와 이마를 병실 바닥에 붙이고 두 손을 모은 뒤 경건하게 아버지를 향해 세 번이나 절을 올렸다. 마치 법당의 부처님 앞에 절을 올리는 불자처럼.

— 봐라. 나를 천황폐하 알현하듯 하는구나.

아버지는 으레 그렇게 인사해주기를 기다렸다는 듯 당당하고 자랑스럽게 말했다. 이제까지 죽을 고비를 수없이 넘긴 중환자 같지 않았다. 질긴 병고를 싹 잊은 듯 아버지의 얼굴이 밝아 보이더니 바로 백 상사를 향해 안타까운 표정으로 말했다.

— 이곳이 싫다. 날 어서 네 집으로 데려가 다오.

아버지의 그런 모습은 우리 모두를 비난하는 듯 불평으로 보였고 백 상사를 향해 잔뜩 어리광 섞인 어조로 들렸다.

— 예, 아버님. 형님들만 승낙하신다면 저희 집으로 바로 모시겠습니다. 그러나 지금은 우선 안정하셔야 합니다. 누우시죠.

백 상사의 한마디에 아버지는 아무런 저항도 없이 전처럼 산소 호스를 다시 코에 넣고 조용히 누웠다. 맞은편에서 누님이 나를 보며 기가 막힌다는 듯 고개를 설레설레 저었다.

— 여기 육 킬로그램 역기 두 개를 가져왔습니다.

백 상사가 비닐 백에서 스테인리스 역기 한 조를 들어내어 침상 아래에 놓았다. 흐뭇한 표정으로 아버지는 그것을 바라보았다. 백 상사가 아버지에게 허리를 꺾어 귀엣말로 뭔가 속삭였다. 노인의 얼굴이 환하게 열리며 고개를 끄떡였다. 주위를 휘둘러보던 백 상사가 문 쪽으로 몇 발짝 뒤로 물러섰다.

— 가 보겠습니다.

그는 구두도 요란스럽게 척, 하고 두 다리를 붙여 경례를 한 다음 가타부타 없이 바로 문을 열고 밖으로 나갔다. 또 한 번 머리를 흔들며 큰누님이 입을 뗐다.

— 쉰넷이란다. 고향이 이북인데 한국전쟁 때 고아가 되어 친척집에서 자랐고 열아홉에 군 입대하여 헌병으로 문산에 배속받아 쭉 그곳에서만 근무했다더라.

나는 기분이 묘했다. 이 무슨 때 아닌 일본 군국주의의 잔재인가. 아버지와 백 상사의 관계는 겉으로 보아 영락없는 군신관계처럼 보였다. 아버지는 어떻게 백 상사를 만났으며 백 상사는 무엇 때문에 아버지에게 저런 거창한 예의를 갖추는 것일까. 오랫동안 일제 치하 관직생활을 한 아버지가 엄숙한 군신주의에 향수를 느낀 것일까. 그리고 아버지의 그런 마음을 백 상사가 꿰뚫어본 것일까.

백 상사는 이틀 뒤 다시 나타났다. 이날도 깍듯이 전처럼 절도 있게 배례를 올린 뒤 옆에 묵묵히 서 있는 우리들에게도 한 치의 흐트러짐도 없는 예의를 갖추었다. 그가 침상 쪽으로 다가 섰을 때였다.

— 나, 문산 가겠다.

조용히 누워 있던 아버지는 백만 대군을 거느린 장수마냥 기고 만장, 목청을 높였다. 어이없이 우리들은 병원 뜨락으로 나왔다.

— 이 일을 어쩌면 좋겠니?

작은누님이 내 얼굴을 보라보며 입을 뗐다. 그러나 별 묘책이 없었다. 가족들에게 있어 아버지는 거역할 수 없는 존재였다. 토호의 외아들인데다 머리도 영특하여 일찍이 관직에 올라 일제치하 관직생활을 하여 왔고, 주위의 시선을 꺼리지 않는 기인적인 행동 때문에 이미 젊은 시절부터 고향 바닥에선 잘 알려진 인물이었다. 자신의 건강관리를 위해 학생 때부터 시작한 유도는 뒷날 유도계의 원로로 대접받게 되었고 취미로 시작한 서화였지만 조선미술전에서 특선으로 뽑힌 경력도 있었다. 여러 폭의 서화들이 경무대와 청와대에 걸리기도 했었다. 그런 전력을 살아온 아버지의 카리스마를 어떻게 거역할 것인가.

— 이렇게 하면 어떠니. 노인의 기분도 그렇고 하니 우리가 오늘 우선 문산에 가서 아버지가 거처할 집을 눈으로 확인하는 게……?

큰누님의 말에 모두 이의 없이 동의했다. 병실로 돌아오자 백 상사가 여전히 수문장처럼 아버지 곁에 서 있었다.

— 아버님, 우선 백 상사 집에 가서 불편한 게 없는지 살펴보

고 오겠습니다.

아내가 말했다.

— 그래 아가. 너도 보면 알겠지만 공기가 맑아 내 병에는 그저 그만이다. 빨리 가고 싶구나.

아버지는 이미 문산행을 기정사실로 받아들이고 어린애처럼 기뻐했다.

오늘을 예견하고 찾아온 것같이 현관으로 나간 백 상사는 자기가 몰고 온 자가용을 대기시켜 놓고 우리를 기다렸다. 우리를 실은 차는 청와대 뒤편을 끼고 북쪽으로 달렸다. 북악산의 바위가 차창에서 사라진 지 한 시간이 지났을까, 차는 소나무 가로수 사이로 곧게 뻗은 이 차선 콘크리트 길을 달렸다.

— 이 길이 통일롭니다. 형님, 저 왼쪽 휴게소 길가에 탑처럼 서 있는 자연석이 안 보입니까. 저게 아버님의 친필 휘호가 음각된 기념비입니다.

그는 차의 속력을 줄여 휴게소 쪽으로 다가갔다. 사람 키만 한 비석 하나가 우뚝 서 보였다. 세로로 세워진 갸름한 자연석 안에 아버지 특유의 서체, 平和統一(평화통일) 글씨가 음각돼 있었다. 웬일일까. 아버지하고 아무 연고도 없는 이곳에 저 비석이 어떻게 세워졌을까? 나는 황당한 심정으로 기념비를 바라보았다. 건립위원장 백상연과 건립위원들의 이름이 새겨진 동판이 하대석에 붙박여 있었다.

휴게소 앞뜰로 차를 세운 백 상사가 음료수를 사러 매점 안으로 들어가자 큰누님이 슬며시 내 소맷자락을 끌며 비석 쪽으로 갔다.

— 애, 너 저 '평화통일'이란 비문 잘 봐라. 저것 때문에 남교동 집 비석이 세워지고 난리였다. 마치 무슨 전승비(戰勝碑) 같잖니?

— 남교동 비석이라니요?

— 기막힌 얘기가 있다. 나중에 얘기해 줄게. 너까지 알 필요가 없다고 해서 쉬쉬했다만……

백 상사가 휴게소를 나와 이쪽으로 걸어오는 게 보였다. 그는 오렌지 주스 병을 우리에게 하나씩 돌렸다. 우리는 그것을 들고 기념비 앞에 묵묵히 서 있었다. 백 상사는 분명 칭찬받고 싶어 하는 아이처럼 내 눈치를 살폈지만 우리는 아무 말도 안 했다. 어색한 분위를 의식한 듯 그는 침묵을 깼다.

— 이곳에 기념비 세울 자리를 얻는데 고생이 말이 아니었습니다.

그의 시선이 내 쪽으로 향했다.

— ……?

나는 침묵했다.

— 아버님 글쯤 되면 이곳에 버티고 있어야 된다고 생각합니다. 그래야 그 기운이 남북통일을 앞당긴다고 믿었거든요. 허가를 얻는데 애를 먹었습니다만……

— ……

　왠지 알 수 없는 거부감 때문에 나는 계속 필요 이상의 관심을 보이지 않았다. 효과가 있었는지 백 상사는 풀이 죽어 시무룩했다.

　문산 읍내에 들어서자 한길 오른쪽으로 울창한 공원이 보였는데 맞은편 골목길에 백 상사의 아내인 듯한 사십대 여인이 우리를 맞았다. 여인도 백 상사처럼 허리를 깊숙이 숙여 깍듯이 인사를 했다. 생각보다 환경이 괜찮다는 결론을 내리고 사흘 뒤 이곳으로 오는데 의견을 모았다.

　병원으로 돌아온 우리는 전에 없이 흐뭇해하는 아버지를 두고 큰누님이 나를 병원 뜨락으로 불러냈다.

　— 아버지 뜻을 누가 꺾겠느냐? …… 너도 알고 있어야 할 것 같아서…… 저 백 상사란 작자 때문에 아버지가 비석병에 든 것 말이다.

　— 비석병이라니요?

　— 오늘 낮에 본 그 비석뿐만 아니다. 아버지가 세운 비석이 몇 개나 되는 지 모르지?

　— 예?

　— 서울에 하나, 목포에 하나, 낙동에 하나, 문산에 하나, 영천에 하나, 하동에 하나……모두 여섯 개다.

　— 여섯이나요?

나는 어안이 벙벙했다. 생전에 여섯 개의 비석을 세웠다면 그야말로 비석병이라 할만 했다.

— 진작 알고 있었지만 쉬쉬해서 덮어뒀다. 소문만 내지 않으면 문제될 게 없고…… 모두 잘 보이지 않은 곳에 세워진 거니까……

— 도대체 무엇 때문에 비석을……

— 그러게 비석병이라 하지 않느냐.

— 경비도 만만찮았을 텐데……

— 첫째로 아버지 속셈을 모르겠다. 넌 부산에 떨어져 있으니까 모르지만 몇 년 전부터…… 몇 년 전이라 하지만 이미 아버지 연세가 아흔둘이 아니니…… 신선도(神仙道)인가 뭔가에 빠져……

— 신선도요?

— 글쎄 그걸 터득하면 인간도 이백 세까지 살고 공간을 초월해 가고 싶은 데로 마음대로 간다는 구나…… 기가 막혀서……

— …… 아버지가 어쩌다가 그렇게까지……

— 나이 팔십이 넘으면 인생을 관조할 줄도 알아야지…… 천년만년 살고 싶은 욕심이 아니고 뭐냐? 노추(老醜)라는 말 그대로다. 아버지가 어찌 저 지경이 되었는지 모르겠다.

— 백수(百壽)나 넘길 수 있겠는지……

— 모르는 소리다. 살아서 부귀영화를 누린 사람일수록 더하

다. 고생하고 힘들게 산 사람들은 명대로 산 것만 해도 감지덕지하고 운명을 받아들이지만 살아 생전 좋은 일만 겪었던 사람은 죽는다는 게 그만큼 더 겁나는 게 아닌지 모르겠다. 아버지가 어떤 양반이냐? 게다가 건강까지 타고났으니 그만큼 복 받은 사람이 어디 있겠느냐? 그러니 이 세상을 버리고 떠나고 싶겠냐?

— 누구에게나 노탐(老貪)은 있지만⋯⋯

— 게다가 백 상사가 그런 아버지의 욕심에 불을 질렀지.

— 도대체 백 상사가 어떻게 된 사람이죠?

— 이 년 전 어머니가 살아계실 때였다. 세종문화회관 서예전시회 준비를 한다고 아버지가 밤잠을 설치며 먹물을 온 집안 여기저기에 묻히고 시도 때도 없이 식사를 하지 않았느냐. 거기에 어머니가 몸져누워 계셨으니 오는 파출부마저 한 달을 못 넘겼어. 어머니 연락을 받고 들렀는데⋯⋯ 웬 중년 남자가 거실에 앉아 아버지 먹물을 갈고 있더라. 현역 군인인데 주말이면 잠깐 들르곤 한다면서 노인네의 말벗이 되어 드리기도 하고 먹물을 갈아 드린다. 잔심부름까지 마다하지 않는다며 어머니까지 흐뭇해하시더라. 어쨌든 두 늙은이가 백 상사에게 흠뻑 빠졌다.

— 어떻게 알고 찾아왔죠?

— 서예에 관심이 있어 오래전부터 아버지 글을 봐 왔던 모양이더라. 자기는 서예 솜씨가 신통찮고⋯⋯ 백 상사 말로는 아버지 글에 필적할 만한 글은 당대에는 없다는구나. 그래서 글도 배

울 겸 시중들기 위해 찾아왔다는 구나.

— 편안한 사람은 아닌데…… 도무지 남 얼굴을 가리지 않는 게.

— 왜 아니냐. 신선도란 것도 저 백 상사가 바람을 넣지 않았나 싶어. 어르신 같으신 분은 백 년만 살기엔 너무 재주가 아깝다 하고……

— 그런데 왜 하필 비석을……

— 그런데 말이다…… 아플 때마다 백 상사는 아버지를 충동질해서 비석을 세우게 했고 비석 효험으로 아버지는 자신의 수명이 점점 늘어난다고 믿었고…… 그런 거 아니겠니?

— 경비도 만만찮을 텐데……

— 결국 아버지 호주머니에서 나온 셈이지.

— 형들은 뭐라고 그래요?

— 큰오빠야 본래 아버지 일이라면 무조건 고개를 젓는 양반이니까 그렇다고 치고, 작은오빠야 섬으로 보육원을 신축해 옮긴 이래 늘 연락이 안되잖아. 그 틈에 저 백 상사가 어니머니 병시중도 하고 아버지 일을 돌봐주었으니 양자로 삼을 만했겠지. 그걸로 돈을 만들고…… 비석이란 뭐니? 죽어서 영원히 그 족적을 남기고 싶어 만든 거 아니니? 노인들이면 당연히 구미가 당기겠지. 후세 사람들이 보면 아버지는 민족의 통일을 위해 무척 많은 일을 한 위인이 될 게고…… 아마 그런 충동질을 백 상

사가 했을 거야.

— 누님은 그 비석을 모두 봤어요?

— 아니야, 전부 눈에 안 띄는 곳에 세웠단다. 남교동 집 앞에
세운 비석을 빼놓고는…… 그것을 세운 동기도 어머니가 아버
지 연세를 걱정하니까 백 상사가, 어머니 걱정 마십시오. 무병장
수하시고 이백 세까지 사시도록 비석을 세워 드리겠습니다. 말
했다지 않니. 그래서 아버지는 큰오빠에게 전화를 넣어 그 남교
동 집 앞에 비석을 세울 테니 터를 닦아놓으라고 당부했고, 작은
오빠더러는 오빠가 가장 싫어하는 神仙之道(신선지도)와 貳百歲
武德殿(이백세무덕전)이라는 아버지 사상을 비석에 음각토록 당부
했단다.

— 이백 세를요?

— 그래. 이백 세다. 아버지의 명령을 거역할 수 없어 오빠들
은 시킨 대로 했지만 그 비석 제막식엔 핑계를 대고 참석하지 않
았다. 너한테도 아예 연락 못하게 했고, 애먼 딸들만 들러리서려
고 모두 내려왔었다. 싸늘한 늦가을 날씨였는데 집 앞 도로변에
비닐 장판을 깔고 그 위에 매트리스를 여러 장 잇대어 유도장처
럼 꾸몄지 뭐니. 비석 제막식에 앞서 유도복을 입은 아버지가 호
호백발을 펄럭이며 아령운동, 역기 들어올리기, 누워서 돌 가마
니 들어올리기, 두 팔로 강철 스프링 잡아당기기 등 차력사 같은
실연을 했단다. 마지막엔 청년들과 유도 업어치기 시범까지 보

여주었고 말이다. 그렇게 백발이 성성한 아버지의 시범운동이 끝난 뒤 막상 비석 제막식을 한다니까 구름같이 모여들었던 행인과 대학생들이 썰물처럼 빠져나가는 것 있지. 다만 유도에 관계된 옛 제자들이며 가까운 친척들 몇 사람 그리고 우리 딸들만 남았었지 뭐니.

— ……

— 아마도 아버지는 비석을 세울 때마다 저승에 한 번씩 갔다 오는 것처럼 착각했을지 모른다. 말하자면 죽음을 마음대로 주무를 수 있다고 생각했겠지. 그렇다고 이제 와서 노인을 어떻게 하겠니? 문제는 백 상산데…… 그 사람 조심해야 된다. 그렇다고 아버지 면전에서 뭐라고 할 수도 없고…… 아버지가 정신을 차리면 좋겠지만 그건 어림도 없잖니.

문산으로 옮긴 뒤 아버지의 짧은 숨소리와 호흡곤란 증세는 좀 차도가 있어 보였다. 나중에 안 일이지만 백 상사가 문산에 또 하나의 비석을 세워주기로 약속했기 때문이다. 달포 사이 내가 두 번째 문산에 다니러 갔을 때 아버지는 전에 없이 건강한 모습으로 다시 붓을 잡고 계셨다. 작품이 나오면 백 상사는 당연히 자신의 소관인 것처럼 우리들에게 일절 설명 없이 임의대로 처분했다. 심지어 우리 부부가 있는 자리에서도 아버지가 글쓰기를 마치면 당당하게 그것을 챙기곤 했다. 아버지와 백 상사는 군신처럼 엄숙한 의식을 보이는가 하면 때로는 어린아이처럼 장

난도 치는 도무지 종잡을 수 없는 관계였다. 두 형과 누님들의 문산 나들이는 뜸했지만 나는 의사인 탓으로 어쩔 수 없이 정기적으로 아버지를 찾아가야 했다. 아버지와 백 상사의 기묘한 관계와 새로운 비석 건립에 대한 호기심도 적잖아 작용했던 것도 사실이었다.

내가 세 번째로 문산을 찾아갔던 칠월 중순경이었다. 점심 식사가 끝나자 백 상사가 말했다.

— 형님, 아버님이 문산의 공원묘지를 다녀오자고 하십니다.

— 느닷없이 공원묘지라니?

나는 돌발적인 그의 발언에 무단히 가슴이 방망이질 쳤다.

— 산책 삼아 모시고 가보시면 압니다.

아니 세상에 산책할 데가 없어 묘지를 산책하다니 괴기스런 나들이를 여러 갈래로 짚어보며 아버지와 나는 백 상사의 차편으로 38선 가까이 있다는 공원묘지로 갔다. 아버지를 관리사무소 부근에 두고 나는 백 상사의 뒤를 따라 드문드문 조림이 된 계단식 묘지를 올라갔다. 병풍처럼 에워싼 야트막한 능선 아래 한가운데로 난 석축 계단을 따라 오르니 맨 위쪽에 잘 다듬어진 묘터가 나왔는데 길은 거기서 끝나 있었다.

— 백 상사, 우리가 왜 여길 온 거지?

나는 언덕배기 묘터에 서서 아래쪽을 굽어보며 말했다.

— 아버님은 통일로에 평화통일 기념비를 세웠으니 묘터도 문

산에 정해야 한다면서 이곳 공원묘지를 말씀하십디다. 얼마 전에 지관을 모셔 오라 하시기에 파주에서 소문난 분을 모셔다 이곳을 보여 드렸는데 명당이라 합디다. 산의 능선이 병풍처럼 이 공원묘지를 감싸고 있지 않습니까. 이곳으로 들어오는 통로가 협곡처럼 되어 있고, 저 아래쪽 묘지 너머 계곡이 보이죠? 저 계곡물이 이 공원묘지를 휘돌아 가고요. 임진강의 샛강이지요. 지관은 이 공원묘지에서도 지금 이 묘터가 가장 으뜸인 명당이라고 합디다. 그래서 오늘 아버님이 직접 답사하신 겁니다.

백 상사의 설명을 듣고 보니 풍수지리에서 회자되는 풍월대로 공원묘지는 지형이 좌청룡 우백호처럼 그럴듯해 보였다. 그러나 아무 연고도 없는 이곳에 묘터를 잡으려 하다니 도무지 납득이 가지 않았다.

— 이런 명당이 왜 아직도 임자를 못 만났죠?

나는 의심의 날을 세우면서 말했다.

— 사실은 제가 사 두었던 겁니다.

그의 눈길이 힐끔 내 쪽을 훔쳤다.

— 누굴 위해서죠?

나는 정면으로 그를 향해 말했다.

— 물론 아버님의 장수를 위해섭니다.

그의 눈길은 멀리 공원관리사무소 쪽을 향해 있었다.

— 백 상사는 참 이상한 사람이오. 이해할 수 없어.

— 무슨 뜻입니까?

그는 비로소 나를 향해 말했다.

— 어찌 그리 지극정성이냐 말이오?

— 무슨 소립니까? 아버님 같은 분을 모시는 건 보통 행운이 아닙니다. 저 분은 한세상만 살고 가긴 아까운 분입니다.

— 정말 그렇게 생각합니까?

나는 따지듯 말했다.

— 네. 저는 믿습니다.

정말 그는 신념에 찬 목소리로 말했다.

— 비석만 세우면 수명이 늘어난다고 정말 믿소?

— 당연하죠. 그건 아주 과학적인 얘기죠. 비석을 세울 때마다 죽었다 다시 살아나니까요. 그래서 탄생하는 기(氣)를 몸속에서 재충전하는 겁니다. 그게 신선도의 원리죠.

— 참 딱하군. 그래서 여기에 또 비석을 세우는 겁니까?

— 물론입니다. 바로 이 묘터 자리에 초석을 마련하려고 지금 비석을 제작 중입니다. 곧 머잖아 비석 제막식이 있을 겁니다. 보십시오. 그렇게 되면 아버님은 새로 수혈을 받은 것처럼 젊어지는 거죠. 의사인 형님도 그 점은 충분히 인정하실 겁니다.

— 백 상사, 내 솔직한 기분 들어 보겠소?

— 말씀하십시오.

— 아버지는 이미 알츠하이머병에서 오는 치매 상태나 다름없

소. 그리고 백 상사 당신은 내 눈에 사기꾼으로밖에 보이지 않소. 당신이 아버지 글을 팔아……

결국 나는 그동안 참아 왔던 속내를 내뱉고 말았다.

— 당연히 그렇게 생각하실 겁니다. 바보가 아닌데 형제분들이 저를 그렇게 본다는 걸 왜 모르겠어요. 그러나 상관없습니다. 처음부터 각오한 일이니까요.

그는 내 예상을 뒤엎어 버렸다. 그의 표정은 평소처럼 하나도 변해 있지 않았을 뿐더러 말소리마저 차분하게 들렸다.

— 참 대단한 철면피군……

그때 어디선가 고함 소리가 들렸다. 나는 눈길을 아래로 주었다.

— 어이!

고함 소리는 공원묘지 관리사무소 쪽에서 들렸다. 아버지가 손을 흔들었다.

— 아버님, 좋습니까!

백 상사가 외쳤다. 화답하듯 관리사무소 쪽에서 팔을 높이 흔드는 아버지의 모습이 보였다. 백 상사는 언제 우리가 그런 얘기를 했느냐는 듯이 자리를 일어나 쏜살같이 뛰어 내려갔다. 맥이 쏙 빠진 채 홀로 묘터에 서 있는 나는 허둥지둥 내려가는 그의 뒷모습에 눈길을 주며 그의 발길을 따라잡고 있었다.

그러나 백 상사와 아버지의 결별은 의외로 빨리 왔다. 문산에서 일곱 번째 비석을 세운 후 석 달이 지나지 않아 아버지는 감기 끝에 다시 심한 천식을 보이기 시작했다. 북쪽 시월의 날씨가 아버지에게 무리였던 것 같다.

문산에 형제자매들이 다시 모였다. 아버지의 병세가 고비를 넘기기엔 힘들 것 같다는 결론을 내리고 임종을 문산의 백 상사 집에서 맞게 할 수 없다는 데 의견을 모았다. 결국 문중의 힘을 빌려 발병 전에 기거하시던 시골집으로 아버지를 다시 모시는 데 합의를 보았다. 문중에서 그렇게 결정했으니 따라야 한다고 백 상사에게 말했고 아버지에게도 남교동 집 앞에 '이백세무덕전'이 세워져 있으니 무병장수를 위해 옮기는 게 좋겠다고 말했다. 아버지는 마음에 내키지 않았지만 백 상사가 동행하겠다니 마지못해 승낙했다. 그런 연유로 시월 말경 남도의 끝 이곳 시골 남교동 집에 다시 모셔올 수 있었다. 늦가을 빗속의 긴 여행길이었다. 아버지는 차 안에서 기력을 잃어 업혀서 안방으로 모셔졌다.

기사석 옆자리에 앉아 내내 침묵에 빠져 있던 백 상사는 아버지가 내리자 비로소 입을 열었다.

— 형님, 아버님에게 일부러 작별인사 안 드리려고 합니다. 내일 비무장지대 순찰 나가야 하니 불가피 지금 이 차편으로 가야 합니다. 저 대신 형님, 수고가 많겠습니다. 형님이 불러주시면 언제든지 기꺼이 찾아뵙겠습니다. 아버지 잘 부탁드립니다.

그는 침통한 표정을 하고 있었다. 목소리엔 애잔한 감정이 잔

뜩 배어 있어 내 자신도 울적해졌다. 백 상사를 실은 택시의 미등
이 아스팔트 저쪽으로 가물거릴 때까지 나는 빗속에 서 있었다.

잠시 눈을 붙이고 난 아버지는 백 상사를 찾았다.

— 백 상사 찾아와, 백 상사를. 어서, 이놈들아……

어린애처럼 보채며 계속 백 상사를 찾았으므로 나는 할 수 없
이 안정제를 주사했다.

— 백 상사는 어디 있지! 나를 다시 문산으로 데려다 줘. 문산
으로 데려다 주란 말이다.

이튿날 잠이 깨자 아버지는 다시 고집을 부렸다. 그리고 백 상
사가 문산으로 돌아갔다는 얘기를 하자 폭삭 기력이 내려앉아
자리에 누웠다.

— 이번엔 일어나지 못할 것 같다.

버릇처럼 큰형이 말했다. 일흔이 넘은 큰형으로선 아버지의
그런 행태들이 보기에 딱했으리라. 하루빨리 돌아가시는 게 더
추한 모습을 남기지 않는다고 생각했을 게다. 그날 밤 나는 문산
의 백 상사에게서 온 전화를 받았다.

— 형님, 아버지가 몇 달 전부터 장곡리 선영에 비석을 세워달
라고 합니다. 조상을 바라보는 비석 앞면에는 神仙之道(신선지도)
를 음각하고 그 아래쪽에 사진을 꼭 넣으랍니다. 반드시 그래야
만 합니다. 조상의 묘가 보이는 비석의 뒷면에는 柔道九段 覺庵
(유도구단 각암)을 음각하고 측면의 한쪽은 '신선이 되는 길'을, 다

른 측면에는 사촌 형과 그곳 친족 한 분을 증인으로 음각해서 말입니다. 비석에 새길 아버지의 서체가 담긴 화선지 봉투를 저에게 주셨는데 천연색 사진도 들어 있더군요. 또 말씀하시기를, 이번에 세울 비석은 틀림없이 그대로 길이 보존될 것이니 선영의 엉덩이 바위 아래 가묘를 쓰도록 하고 그것과 마주보도록 비석을 세워달라, 하셨습니다. 두 형님께 말씀드려 꼭 그렇게 해주십시오. 그러면 아버님은 벌떡 일어나실 겁니다. 아버지는 하늘이 내리신 인물입니다.

비석 안에 사진을 넣다니. 그런 아버지의 기행을 그는 당연한 것처럼 말했다. 나는 큰형에게 백 상사의 얘기를 전했다. 큰형은 콧방귀부터 뀌었다.

— 흥, 비석만 세우면 그만큼 더 사신다고 믿다니…… 어림없지. 세상에 거기에 사진까지 넣어야 한다고……?

— 그래도 어쩝니까.

— 뭐 어렵냐? 세워 드리지. 사진까지 넣어서……

— 정말입니까?

— 세워 드린다고 해. 비석이 서기 전에 돌아가실 건데……

그런데 그것도 모자라 닷새 뒤 백 상사가 직접 나타났다. 아버지는 벌떡 일어나 그를 끌어안더니 눈물을 글썽거리며 비석 얘기를 했다. 백 상사는 틀림없이 비석을 세워 드릴 테니 걱정 마시라고 말했다. 그는 마지막 군신의 예를 다해 아버지에게 그 엄청난 배례를 올렸다. 그의 엎드린 어깨가 심하게 떨렸다. 비닐 백에서 아버지가 가는 곳마다 분신처럼 가지고 다니던 아령을 꺼내 드리자 아버지는 근근이 몸을 일으키며 말했다.

— 백 상사, 약속해다오. 선영에 비석을 세운다고. 이놈들은 하나같이 믿을 놈들이 못돼.

— 물론입니다. 이백 세까지 사시게 해드리겠습니다.

— 너만 믿는다. 네가 진정 내 아들이다.

멀뚱히 떨어져 그 모습을 바라보던 큰형은 백 상사에게 손짓하여 밖으로 나오게 했다. 나는 무슨 일이 생길까봐 백 상사와 큰형을 따라 나갔다. 뒤뜰 한적한 곳에 이르자 큰형은 홱 돌아서며 말했다.

— 이 사기꾼 같은 놈!

백 상사는 꼼짝도 않고 부동자세를 취했다.

— 당신이 아버지 글을 전부 관리했다는데.

— 네. 문산에 그대로 있습니다.

— 왜 우리에게 말 안 했지?

— 그건 아버님과 저 사이의 약속이었습니다.

— 약속은 무슨 약속.

— 그렇잖아도 보여 드리려고 했습니다만…… 여기……

백 상사는 안주머니에서 봉투를 꺼내어 큰형한테 건넸다. 큰형은 봉투에서 여러 겹으로 접은 화선지를 펼쳤다. 종이의 부피에 비해 내용은 너무 간단했다.

'백상연은 내 아들이다. 백상연에게 내 모든 생전의 서화를 일임한다.'

— 이 빌어먹을 놈. 이게 뭐란 말이야.

큰형은 그걸 북북 찢어 백 상사 얼굴에 집어던졌다. 가닥가닥 찢어진 화선지 조각들이 그의 얼굴과 어깨 위로 흩어졌다.

— 큰형님이 증거를 찢으셨으니까 나중에 딴말하지 마십시오. 저는 아버님의 유지라면 목숨도 바칠 각오가 돼 있습니다.

— 나쁜 놈. 다시는 나타나지 말라. 파렴치한 놈.

— 선영에 비석은 세워 드리세요. 어쨌든.

꼿꼿이 선 채 백 상사는 싸늘하게 말했다. 그날 이후 오늘까지 백 상사는 다시 나타나지 않았다. 두 형의 무관심 속에 죽음의 문턱을 수없이 넘나드는 아버지의 사투만이 계속될 뿐이었다.

— 야아, 이놈들아.

아버지의 고함 소리가 느닷없이 치솟았다. 큰형과 나는 벌떡 일어나 거실 건넛방으로 달려갔다. 창밖은 아직 칠흑 같은 어둠 뿐이었다. 금방 숨이 끊어질 것 같던 아버지가 놀랍게도 자리에서 일어나 앉아 있었다.

— 조금 전 무슨 소리였냐?

— 아, 아무것도 아닙니다……

— 비석 얘기가 났던 것 같은데……?

너무 또렷한 목소리여서 우리는 서로 얼굴만 쳐다보았다.

— 비석이 어떻게 됐다는 거냐 말이다.

— 비석을 뽑아 갔습니다.

뒤이어 건너온 식구들이 모두 눈치를 보며 아무 말도 못하는데 큰형은 잔인하게 말했다.

— 비석을 뽑아?

— 시청에서요.

— 뭣이라? 이런 날강도 같은 놈들.

— 도로교통법 위반이라고……

큰형은 냉정하게 말했다.

— 백 상사가 있어야 하는데…… 백 상사만 있으면 이런 일이 없을 텐데…… 내 벼루와 먹을 가지고 오너라. 내가 귀신들과 싸우겠다.

벼루와 먹을 찾아온 나는 시키는 대로 먹을 갈았다. 아버지는 눈을 감고 뭐라고 끊임없이 중얼거렸다. 이윽고 눈을 뜨더니 붓을 잡아 먹물을 듬뿍 찍어 화선지에 힘차게 획을 휘둘렀다. 귀신 신(神)자였다.

— 다시.

새 화선지를 놓으라는 말이었다. 다시 붓을 휘둘렀다. 역시 귀신 신(神)자였다. 아버지의 손이 부들부들 떨렸다. 바깥은 한파가 몰아치고 임종 직전에 일어난 아버지의 이마와 콧등에는 땀방울이 맺혔다. 그렇게 한 스무 장을 계속 써댔다. 식구들은 숨도 쉬지 않고 아직도 붓을 거머쥔 노인의 손길만 바라보았다. 귀신 신(神)자가 쓰여진 화선지를 걷어낼 때만다 마치 수전증에 걸린 듯 아버지의 손등이 몹시 떨렸다.

— 날 데려간다고? 어림없다. 난 죽지 않는다. 나는 이미 신선이 된 지 오래다. 이놈의 잡귀들이 날 데려가려고 하지만 어림없다.

아버지의 눈빛이 이상하게 타올랐다. 희미하게 창밖에 미명이 새어들었다.

— 이놈들 모두 몰아내라. 나는 가지 않는다. 나는 가지 않는다.

그리고 아버지는 쓰러졌다. 만 하루 만에 일어난 아버지는 또 귀신 신자만 썼다. 그렇게 근 나흘을 계속하며 죽음의 사신들과 싸워 버텼다. 보통 사람이 생각하기엔 믿어지지 않는 초인적 정신력으로. 그리고 닷새째 동이 틀 무렵, 아버지는 숨을 놓았다고 한다. 가족들 누구 하나 아버지의 마지막 사투를 지켜보기엔 모두 기력을 되찾을 수 없을 만큼 탈진해 있었다. 어떻게 되었는지 나는 아버지의 마지막 귀신 신(神)을 벽에 붙인 기억밖에 없었다. 억수로 몰려오는 수마에 못 이겨 나는 그만 깊은 잠에 빠졌던 기억밖에 없었다. 눈을 떴을 때는 방안은 마치 서낭당 무당집처럼 흑백의 귀신 신(神)자만 어지럽게 방바닥에, 사방 벽에 붙어 있고 아버지의 숨소리는 들리지 않았다.

아버지의 비석을 위한 긴 싸움은 그렇게 끝이 났다. 막상 장례식에 백 상사는 나타나지 않았다. 그리고 그 뒤 아버지의 비석은 차례대로 뽑혀 나갔다. 연고지의 누군가에 의해서, 문중의 누군가의 신고에 의해 뽑혀 나갔다고 짐작되었다.

그리고 두 해 뒤의 여름, 며칠 동안 휴가를 겸해 나는 아버지의 처절한 사투를 벌였던 그 시골집을 들러본 뒤 보육원이 있는 섬으로 건너갔다. 아버지의 보육원 유업을 이어받은 작은형과 함께 며칠째 휴가를 보내고 있었다. 사흘째 되는 저녁 무렵, 보육원 송림으로 작은형을 따라 오르던 나는 바다가 내려다보이는 양지 바른 곳에 눈에 익은 비석 하나를 발견했다.

— 아니 저건……?

내 가슴은 철렁 내려앉았다. 분명 시골집 남교동에 세워져 있던 이백세무덕전(貳百歲 武德殿)이었다. 나는 바짝 다가섰다. 두어 군데에 비스듬히 균열이 보였다. 그래도 정교하게 시멘트 땜질을 해놓았다. 작은형에게 저 비석이 어떻게 여기 서 있느냐고 물었다.

— 이년 전 십이월 아침 연락을 받았는데 시청이라고 말하더라. 그곳 시골 사람이면 저 비석이 누구네 것인지 다 안다면서 있는 장소를 알려주더라. 가 보았더니 뒷개 갯벌에 버려져 있더구나. 인부를 사서 내가 이곳으로 모셔왔다.

— 그렇게 애써 뽑아 가서 아무 곳에나 버리다니. 도대체 누가

신고를 했을까요?

　— 그곳 골목에 술집들이 어디 한두 집이냐. 게다가 가정집들은 비석 둘레에 취객들이 쏟아내는 토사물과 오줌 냄새 때문에 골머리를 앓았을 거다. 동사무소와 시청 따위에 여러 번 진정서를 냈을 테고 환경미화를 들먹거렸을 거고…… 그러나 뽑았는데 버릴 곳이 마땅치 않으니까 죽교동에서 가까운 바닷가에 버린다는 게 갯벌에 던졌겠지.

　— 천덕꾸러기 역할을 톡톡히 했군.

　— 그런 셈이지. 갯벌에 버려져 있는 걸 보니까 아버지가 꼭 그런 취급을 받고 있는 것처럼 화가 치밀더라.

　— ……

　— 아버지의 영혼이나마 위로해 드리고 싶을 뿐이다. 한정된 수명을 뛰어넘어 보려고 아버지의 욕심은 사실 우리 모두의 욕심이 아니겠냐? 이제 와서 생각하면 아버지는 인간의 모든 운명과 싸웠다는 생각이 든다. 우리 형제들이 아버지의 기행을 받아들이지 않으려고 했을 뿐 그러나 백 상사는 노인의 행동을 범속한 행동으로 안 보았던 거지. 어쨌든 아버지의 행동이 노망이든 뭐든 말이다. 우리들 자신의 욕심을 바라다본 게 아니었더냐. 안 그러니?

　저녁노을이 내리고 있었다. 우리 두 형제는 불타는 하늘을 등지고 벌겋게 젖어드는 바다를 바라보고 있었다.

— 어떠냐. 아버지의 혼령이 있을 만한 곳이 아니냐. 저 파도를 보아라. 아버지에겐 더없이 어울리는 곳이다.

쏴아아~밀려오는 파도에 노을이 부서지곤 했다. 나는 고개를 들어 빗금이 간 비석을 바라보았다. 뭔가 벅찬 말들이 가슴속에 물결쳤다.

나는 「비석을 위하여」 이 소설에서 두 형들의 불효했던 행동을 아버지의 치열했던 한정된 수명을 거부한 임종의 사투를 빌어 화해를 시키고 싶었다. 두 형들의 불효를 작중 인물인 백 상사를 통해, 아버지 생전에 우리들을 대신해서 뜻을 받아주신, 실존하는 문산의 이 상사에게 감사드린다.

나는 위 단편 소설을 빌어 인간의 한정된 수명에 반항하는 아버지의 신선도 사상과 비범한 필체에 고개 숙인다.

1993년 4월 27일 화요일

아버지는 자정 지나서 대변을 찔끔거리며 보신다. 새벽 3시 47분. 맥박은120/min. 체온 38℃. 키스모에 정체된 소변의 방광염 타일까? 간호사에게 연락했다. 수련의사 두 명이 다녀갔다.

1993년 4월 30일 금요일

새벽 12시 54분. 맥박은 98/min로 떨어졌다.

어제 아버지는 의식이 없고 몸은 오른쪽으로 쏠려 손을 떨고 계셨다. 당직의사를 불렀다. 아버지의 오른쪽 부위 장기에 병변이 있거나 중추신경의 이상을 의심했다. 내가 간병인과 교대하고 집으로 온 후였다고 한다. 담당의사는 방사선 검사를 했고, 소변 600ml를 비웠고, 항생제 유나신을 주사했다는 경과를 알았다.

밤 10시 후에도 맥박은 100/min, 체온은 37.7℃로 여전히 유열상태다.

1993년 5월 1일 토요일

새벽 12시 5분. 아버지의 호흡상태가 안 좋다. 어젯밤 10시에 화학요법으로 박트림을 주사했었다고 한다. 감염 부위가 요로계인지 호흡계의 폐장 부위인지 담당의사는 알려주지 않는다. 이곳 내과의사는 입원 환자에 대한 병 경과와 추적에 등한시하는지 아직 의사로서 밑천이 턱없이 부족하다.

간병인과 교대 후 귀가하여 D병원 병동 간호사에게 전화했다. 오늘 저녁 시간에 담당의사와 상담을 부탁했다.

약속 시간 5분 전인 저녁 7시 55분. D병원 입원실에 도착했다. 간병인 말로는 오늘 대변을 자주 보았다고 한다. 위장관계에 병변이 있는 것으로 생각됐다. 담당수련의사는 약속 시간에 오지 않았다. 담당간호사 L이 전화했다. 20분 후 도착하겠다는 회신이 왔다. 담당간호사는 몸에 밴 환자에 대한 책임의식이 있으나 수련의사는 환자에 대한 책임감은 아직 갖추어지지 않았다. 담당간호사에게 5월 2일 일요일 퇴원하겠음을 알렸다. 수련의사는 방사선 검사 필름을 가져왔다. 흉부 소견에서 폐엽 등은 이상이 없다. 하복부 소견에서 장 중첩의 음영의 소견을 보인다는 것이다. 그러나 열이 있는 원인은 요로계라고 한다. 그렇다면 손에 경련을 일으키는 원인은? 하고 물었다. 수련의사는 모르겠다고 한다. 나의 임상 경험으로는 뇌에 병변이 있는 것으로 생각했다. 그렇다면 MRI검사를 받아보라고 할 수 있을 텐데 그런 말은 일절 없다. 퇴원을 통고했다. 이뇨제, 강심제인 디고신 등 퇴원 후 5일째부터 발작을 억제하기 위한 아티반 사용을 권장한다. 모두 천식 환자의 일반적인 처방이었다. 그러나 아티반은 심장에 부담을 줄 수 있다. 나는 수련의사를 통해서 나의 과거 수련의 과정을 떠올렸다. 쌓아올린 지식, 임상 지식, 인간애 등 열성적인 사명감으로 그때는 정말 우리 수련의사들은 각고의 노력을 기울였다는 것을 알 수 있었다.

새벽 4시 30분. 대변을 두 번 치웠다. 수련의사가 가져온 필름 소견에서 장 중첩 소견이 있다고 한 말은 오진이었다. 소변 800ml를 비었다. 새벽 5시 40분. 체온은 36.8℃. 맥박은 93/min. 체온에 비해 맥박은 빠르다.

미혹(迷惑)에서
피안으로
가는 길

1993년 5월 2일 일요일

아침 6시. 10층 병실 창문을
열었다. 구덕산의 활터 수목들은
피어오르는 아지랑이 속에서 푸르름을 더해간다.

입원 43일 만에 퇴원을 결심했다. 그동안 나는 내 개인병원과
D병원을 왕래하며 아버지를 보살폈지만 이곳에서 아버지의 병
을 치유할 어떤 희망을 걸 수 없었다. 이제 아버지는 간단없이
찾아드는 사신(死神)과 싸우는 수밖에 없다. 의사의 능력이란 미
미한 것이었다. 아버지의 소원대로 사신을 물리치고 장수할 수
있도록 성취시킬 수 있는 의사는 이 세상엔 한 사람도 없을 것이
다. 아무도 아버지의 신선도 사상을 따르겠다는 사람은 없을 것
이다. 인간의 수명은 원래 숙명에 귀결된다는 사실을 뻔히 알고
있기 때문이다. 그러므로 아버지는 인간의 장수를 위해 외롭게

투쟁하는 수밖에 없다.

입원 당시만 해도 아버지는 화를 냈었고 고함을 지르시고 호흡곤란 증세로 괴로워하셨다. 신경안정제 효험과 불안감은 다소 순화된 것 같다. 그러나 아버지를 괴롭히는 병마는 심근염이었다. 이 병의 사신과 아버지의 신선도는 계속 사생결단의 투쟁을 계속할 것이다.

오후 5시 30분. 우리 가족들은 초읍동 T아파트로 갔다. 아내, 다윤 어미는 집안 청소를 했다. 나는 거실 바닥에 모노륨을 깔았다. 집에서 대형냉장고를 옮겨왔다. 주문한 아버지의 베드가 도착됐고 조립을 마쳤다.

오후 6시다. 둘째와 나는 D병원으로 갔다. 일요일이므로 지하 응급실 수납에서 퇴원비를 수납하고 병실로 돌아왔다. 간병인 K여사가 욕창방지용 물침대의 물을 빼고 있다. 아버지에게 옷을 갈아입히고 휠체어에 태워 엘리베이터 쪽으로 갔다. 야간당직 S간호사는 아버지에게 작별인사를 한다. 완쾌 안된 노인을 퇴원시키는 간호사의 마음은 착잡할 것이다. 나는 지하 약국에서 14일분의 약을 조제받았다. 두 번째 입원했던 D병원의 마지막 입원 생활은 오늘로 끝이 났다. 이제 아버지를 기다리는 마지막 장소인 초읍동 T아파트를 향해 둘째가 모는 자가용은 암울했던 구덕산 아래 D병원에서 멀어져 갔다.

　　　　　　　　　　　　　　　구도(龜島)를 아는가❷

잠시 후 아버지를 태운 자가용은 T아파트에 도착했다. 집안은 아내가 청소하고 잘 정돈해 놓았다. 이 세상에 태어난 후 마지막으로 밟을 땅은 아무도 예측하지 못한다. 낯선 이곳에서 아버지는 막내와 함께 최후를 맞이하리라고 생각하지 않았을 것이다. 이 상사에 의해 문산의 공원묘지에 가묘를 만들고 그곳에 묻히고 싶었지만 결국 아버지와 나와의 운명은 1945년 8월 초순 장산도를 탈출하여 엄마가 계셨던 용출도로 오기까지 운명적인 고행의 인연은 이곳에서 아버지의 마지막 운명을 맞이하게 되었다.

새로 주문하여 조립한 병상에 아버지를 눕혔다. 그리고 병원 약국에서 가져온 약봉지에서 한 첩을 드셨다. 불안해하시던 아버지는 30분 지나 잠드셨다. 병상을 가로질러 마주보는 미닫이문을 한쪽으로 밀었다. 베란다 바깥 검푸른 송림이 눈앞에 다가섰다. 나는 저 베란다를 향해 쏟아지는 송림의 산들바람에 끌리어 이곳을 선택했었다. 만일 아버지가 일어날 수 있다면 문산의 이 상사 집 옆 공원을 떠올릴 것이다.

1993년 5월 3일 월요일

퇴원 이틀째 아침이다. 아내는 초읍 T아파트에 가져갈 죽과 음식을 장만하느라 법석이다. 다윤 어미는 장만한 반찬과 취사도구를 준비해 왔는데 아버지의 정성들인 죽통을 빠트렸다. 둘째는 형수를 차에 태우곤 다시 집으로 갔다. 집안 식구들 모두가 아버지의 수발에 매달렸다.

아파트 건물 1층 베란다 유리창은 먼지와 때에 찌들어 있다. 청소 후 유리창을 열었다. 싱그러운 솔바람이 밀려오고 백양산 산복길을 따라 등교하는 여중생들의 모습이 보인다. 내가 기거하는 방은 가로로 놓인 아버지의 병상 바로 위쪽 온돌방이다.

저녁 8시다. 아버지의 신음소리에 병상으로 다가섰다. 주무신다. 방안이 싸늘하다. 방문 입구의 벽체에 설치된 골동품 온도조절계를 27℃로 올렸다. 복도 끄트머리 오른쪽 철문 안에 설치해 놓은 골동품 보일러 돌아가는 소리가 요란하다. 눈을 뜨셨다. 집에서 가져온 고기죽을 권했지만 고개를 가로젓는다.

— 슈크림 드릴까요?

어린애처럼 고개를 끄떡인다.

D병원에 입원 중 계속 드셨던 식성대로 아파트 골목 초입의 빵집에서 사온 크림빵의 슈크림만 드신다. 맥박은 80/min이다. 소변량이 줄어들고 있다. 밤 10시 53분이다. 수액제를 조절하려는 데 헉, 하고 토물을 쏟아냈다. 소화를 시키지 못하고 있다.

1993년 5월 4일 화요일

어제 주문했던 두 개의 베개와 시트가 배달됐다. 다윤 어미는 시장에서 베개 속을 사가지고 왔다. 저녁 8시. D병원 L간호사에게 소개받았던 K간병인과 교대했다. 아버지는 대변을 보셨다. 아비와 다윤 어미가 찾아왔다. 가져온 물건들을 챙긴 후였다. 거실에 있는 아비에게 할아버지 병상으로 가보라고 했지만 화를 낸다. 어릴 적 그를 무릎 위에 올려놓고 식사를 하시곤 했던 할아버지가 아니었던가. 아침이면 아내에게서 손자를 받아들곤 가슴에 품고 했던 손자가 아니었던가. 자기 엄마에게 의과대 입학 기념으로 써주신 화선지를 표구하여 보관하도록 당부하셨는데, 의사가 된 손자는 할아버지를 보살필 생각도 하지 않겠다고 하니 그 이유를 모르겠다. 마땅히 할아버지의 병상으로 다가가 용태를 살필 것이라는 나의 생각은 산산조각이 났다. 이웃 할아버지가 아프다 해도 의사라면 살펴줄 의무가 있을 법한데 할아버지의 병세를 보지 않겠다고 화를 내다니 내가 자식에게 무안을 당한 심정이었다. 아내에게 그 이유를 물었다. 할아버지가 누워계시는 모습이 보기 딱해서 그랬을 것이라고 해명한다. 그러나 나의 서글픈 심정은 두고두고 지워지지 않았다.

아버지의 소변량은 눈에 띄게 적어졌다. 지금 밤 11시 19분. 10%포도당 500ml에 아미노피린 1앰플을 혼합해서 10적/분 단위로 혈관 내 점적했다.

1993년 5월 5일 수요일

아침 8시다. K간병인과 교대 후 버스로 부전동 병원 앞에서 내렸다. 셔터 문은 아직 잠겨있다. 청과조합에서 수박 한 덩어리와 참외 네 개를 샀다. 올해 두 살인 손녀, 눈에 넣어도 아프지 않을 다윤은 수박을 좋아한다. 아비가 3육군병원 외과 과장으로 전속한 후로 좀처럼 내 차례가 오지 않는다.

저녁 8시 15분 T아파트에 도착했다. 어젯밤 11시 19분, 10% 포도당 500ml에 아미노피린 1앰플을 혼합해서 10적/분 단위로 혈관 내 점적했었던 주사액은 1/3이 남아있다. 아버지는 좀 흥분상태에 있다. D병원 퇴원 약으로는 병세가 개선 안 된다. 아버지는 누군가를 부르시다 잠들었다.

지금 밤 10시 16분. 위층에서 쿵쿵거리는 소리가 들린다. 아버지는 무슨 말인지 중얼거리다 고함을 지르신다. 새벽 3시다. 어제부터 주입한 수액제가 주효해서 처음으로 소변 700ml을 비웠다. 다시 10%포도당 1,000ml을 연결했다.

1993년 5월 6일 목요일

새벽 3시 14분. 아버지는 알아듣지 못하는 소리로 중얼거린다. 아마 두 형들을 찾고 있을 것이다. 아버지의 깊디깊은 속내, 그래도 두 형을 찾고 계신다. 맥박는 73/min로 안정되어 있다.

자식은 부모에게 무엇인가.

1992년 7월 12일 이래 나는 두 형님 대신 아버지를 목포의 콜롬방병원에서 서울 강남성모병원으로, 문산의 이 상사 집에서 낙동 장곡리 집으로 모셔왔다. 선영 아래 집터에 약속대로 아담한 단층집을 짓고 모셔왔다. 급하면 상주적십자병원을 왕래하면서 간병했다. 아버지의 뜻에 따라 다시 장곡리 신축 건물을 구도원(龜島苑)으로 이름 지었다. 아버지는 귀신 신(神)을 쓰시며 병마(사신)와 혼신의 투쟁을 하였다. 그리고 부산 구덕산 아래 D대학병원에서 마지막 입원을 끝내고 오늘 초읍동 T아파트에서 막내인 나는 아버지의 사신과 싸우는 치열한 파수꾼 역할을 하고 있다. 지금 새벽 4시.

그분은 내가 존경하는 의대 C학장으로, 원래 외과병원을 하시다가 B의대 학장으로 오신 분이셨다. 장남인 의사를 미국 명문 J의대 심장내과 의사가 되기까지 전 재산을 다 받쳐왔지만 C학장은 퇴직 후 생활이 어려워 제자들을 찾아다니며 손을 벌리는 신세가 되었다. 장남은 미국에서 미국 여인과 결혼하였지만 C학장은 장남을 보지 못한 채 운명했다. 한국인의 유전질 속에 면면이 각인되어 온 개놈은 삼강오륜이다. 그중에서 부자유친은 부모에 대한 효이다. C학장의 빗나간 아들 사랑은 우선 그들 부모에게 있다. 한국인 전래의 윤리사상을 자식들에게 뿌리내리게 하기 전에 그의 아들은 이미 탈 오륜화가 되어버렸다. 모든 책임은 그의 부모에게 있다 할 것이다. 우리 집안에서 둘째 형은 그런 유형에 해당할 것이다. 자식이 바라는 대로 해주는 것만이 그 아들을 사회에 유용하고 가문을 빛내는 자식이 되는 것은 아니다. 자식 스스로 당하는 고통을 견뎌낼 수 있도록 기회를 주는 일 또한 귀중한 윤리사상이다. 어떤 자식은 부모의 생각과 달리 계속 더 많은 것을 요구하게 되고 그 기대와는 달리 불효와 실망만 안겨준다. 그러므로 모든 자식들에게 자력으로 일어설 수 있는 의지력을 길러주는 길이 중요하다. 탈 삼강오륜의 자식은 부모를 절망의 늪에서 허우적거리게 하는 영원한 채무자에 불과하다.

오후 7시경 T아파트에 도착했다. K간병인은 아버지의 상의를 벗기고 타월로 가슴의 토물을 훔쳐내고 있다. 위장에 탈이 있다는 증거다. 소변 1,000ml를 비웠다. 우선 1,000ml 포도당을 링거세트에 연결했다. 아버지는 말이 없으시다.

1993년 5월 7일 금요일

아버지의 고함 소리에 눈을 떴다. 새벽 2시 35분이다. 다시 잠에 드셨다. 방안 공기가 좀 싸늘하다. 보일러 온도계를 올렸다. 털털거리며 고물 보일러 돌아가는 소리가 들린다.

어제저녁이었다. 다윤 어미와 함께 가습기를 사려고 삼성대리점에 들렀다. 초읍동 T아파트 초입에서 나의 백을 택시에 놓고 내렸다. 그 속에는 안경, 집주소 및 전화번호가 적힌 수첩이 들어있었다. 밤 아홉 시경이다. 전화다. 택시기사다. 집은 하야리아 부대 근방이라고 한다. 내일 지나는 길에 병원에 들리겠다 한다. 1,000ml 포도당 주사를 팔뚝에 꽂았다. 아버지는 잠들었다.

1993년 5월 8일 토요일

새벽 2시 15분. 맥박은 83/min이다. 아버지는 물을 달라고 하신다. 두 모금 삼킨 후 뱉어버리신다. 소변은 겨우 100ml 나왔다. 방 바깥쪽에서 바퀴벌레가 들어오고 있다.

600만 년 전 지구상에 태어났다는 인간의 기원설보다 4억5천만 년 전 나타난 바퀴벌레는 모든 생물의 멸종기를 수없이 거쳐 지구상 인간이 있는 곳이면 어디에나 함께 생활하는 멸종 무적의 곤충이다. 그러므로 죽음을 초월한 이 미물에게 있어 유한한 생명체인 인간이란 하찮은 존재일 것이다. 이 괴물 벌레는 머리에 약 2센티미터 길이의 더듬이를 달고 있다. 안테나 격인 이 더듬이는 시각, 청각, 후각, 미각, 촉각 등은 물론 사방의 장애물 여부를 사전에 식별하고 마치 탱크의 자동바퀴 같은 무수한 발가락은 납작한 부피로 바위 틈새 같은 비좁은 은신처를 구한다. 무적의 탱크를 떠올린다. 그래서 탱크의 바퀴 같은 바퀴벌레다. 맹인의 이마에 이놈의 더듬이를 붙일 수 있다면 흰 지팡이를 대신할 것이다. 이놈들은 벌써 아버지의 배설물을 감지했다. 오늘 새벽부터 소변량이 줄어들고 있다.

1993년 5월8일 토요일

아침 8시. K간병인과 교대 후 부전동 병원으로 돌아왔다. 진료실 책상에는 택시에서 유실한 백이 놓여있다. 고마운 기사다.

저녁 8시. 아버지의 대소변 배설량이 줄어들고 있다. 밤 9시경에 10%포도당 1,000ml를 주사했다. 미열이 있다. 나는 아버지 곁에 앉아 생각에 젖었다.

부자간의 정이란 한 단 한 단 벽돌을 쌓아올려 벽체를 이루고 집을 짓는 미장이의 심정이다. 허구 많은 세월 부모님은 나를 위해 고통받아 오셨다. 그런 부모님의 은공으로 오늘의 나를 있게 했다. 그러므로 부자지간의 정이란 하루아침에 이루어진 것이 아니다. 제발 쾌차하시어 아버지의 소원인 백세 장수하시기 바랄 뿐이다.

지금 밤 11시 27분. 아버지는 고함을 지르신다. 아마 이승에서 다하지 못한 한의 소리일 것이다.

눈발 휘날리는 농로를 따라 한을 전수받은 눈먼 소녀 송화는 끄나풀에 이끌려 계부를 따라간다. 천년학을 영화로 형상화한 서편제의 마지막 장면은 인간의 지워버릴 수 없는 한의 세계를 떠올린다.

1993년 5월 9일 일요일

K간병인의 휴무일이다. 아침 8시경 아비가 동생에게 받은 중고 승용차 에스페로를 몰고 왔다. 함께 부전동 병원으로 왔다. 두 살배기 손녀 다윤는 어미와 함께 소파에 앉아있다. 어제저녁 아버지는 미열이 있으셨다. 아비에게 항생제를 주면서 할아버지에게 주사하도록 했다. 아비와 다윤 어미는 오전 내내 할아버지 병상을 지키다가 오후 6시에 교대했다. 아버지 맥박은 78/min 안정되어 있다.

지금 밤 10시. 아버지는 고함을 지르신다. 내복약을 복용했다.

— 여보게, 방 서방.

아버지의 갑작스런 소리가 들린다. 상주적십자병원에서 내 목을 조른 후 가버린 매부를 부르는 소리다. 나를 방 서방으로 착각하고 계신다. 지금 밤 11시 16분.

1993년 5월 10일 월요일

5시 46분. 소변 900ml를 비웠다. 맥박은 76/min으로 안정되어 있다. 어제 다윤 어미가 냉장고에 넣어둔 죽을 끓여 드렸다. 거절하신다. 아침 8시, 조용히 주무신다.

1993년 5월 11일 화요일

지금 새벽 5시 10분. 어제저녁 8시 이래 잦아들던 소변량은 겨우 300ml뿐이다. 미닫이 유리문으로 여명이 세어든다. 오늘 살아 있는 사람들은 어제까지만 살고 가버린 수많은 사람들을 기억하지 않는다. 다만 오늘의 사람들은 어제까지만 해도 지상에서 함께 있었던 사람들을 기억하려고 하지 않는다. 사람들은 같은 공간에서 가슴 아팠던 일들을 기억하려고 하지 않는다. 다만 어느 때인가는 그 일들을 한으로 털어버리고 용서를 구할 수 있다면 그게 인간미의 극치가 아니겠는가.

— 아버지, 아버지에게 깊은 상처를 준 사람들을 용서하여 주십시오. 두 딸들은 합세하여 친부(親父)를 버리고 떠났습니다. 아버지를 끝까지 모셔야 할 두 아들도 떠났습니다. 그러나 세상에 자식들을 이기는 부모는 없지 않습니까. 그래서 자식들은 부모를 넘어설 수 없지 않습니까. 그러므로 임종 앞에 그들은 회한의 눈물을 뿌리지 않습니까.

아버지, 상주적십자병원에서 아버지가 똥을 뭉개는 것을 보고 말도 없이 떠나버린 방 서방은 그러나 가식은 없습니다. 아버지. 두 형을 용서하십시오. 아버지의 소유를 모두 없애버린 두 형을 전생의 업으로 돌리십시오. 부모님이 시작한 인간 업보의 사업체인 신안보육원을 이끌어가고 있다는 사실만으로 부모님에 대한 미련은 버리지 않았다고 생각하므로 그것으로 위로를 삼으십시오. 아버지가 마음의 먼지를 털어버린다면 아버지가 입원 이래 소리 내어 왔던 고함 소리도 사라지고 적요한 사색의 세계가 전개될 것입니다. 아버지의 두 손자는 어려울 때 서로 도우며 살아갈 것입니다.

저녁 8시 20분. K간병인과 교대 후였다.

— 원태야!

아버지는 전에 없이 내 이름을 부르신다. 어떻게 내가 온줄 아셨을까.

— 아버지……

아버지는 눈을 감은 채 말이 없다. 잠들어 계신다. 그러나 아버지가 왜 나를 부르시는가를 알고 있다.

오늘 가져온 10% 1,000ml에 아미노피린 1앰플 250mg을 섞어 점적 주사했다. 지금 밤 9시. 아버지는 다시 흥분상태다.

1993년 5월 12일 수요일

아버지의 고함 소리에 눈을 떴다. 새벽 1시다. 간밤에 점적한 주사제는 아직도 떨어지고 있다. 소변 600ml를 비웠다. 아침 7시에 내복약을 복용했다.

오후 8시. T아파트에 도착했다. 보슬비가 내리고 있다. 아버지는 K간병인이 먹인 물을 뱉어버린다.

밤 11시 55분. 맥박은 88/min. 고함을 지르신다. 아버지는 유도장에서 젊은 제자와 대전하듯 업어치기로 고함을 질렀다. 사신을 눕힌 아버지는 사신의 목을 조였다. 사신은 아마 젊었을 것이다. 사신의 가슴을 눌렀지만 눈 깜짝할 사이 사신의 다리가 아버지의 허리를 휘어감았다. 아버지는 숨이 막혀 고함을 질렀다. 사신과 아버지는 엎치락뒤치락하는 사이 사신은 이번에도 아버지의 항복을 받지 못한 채 새벽을 맞는다. 유도 9단의 노인을 일거에 때려눕히기에는 아직 시간이 안된 것 같다. 이번에도 단단히 믿었던 사신(死神)의 인명은 재천이 아니었다. 아버지가 주창해왔던 인명은 재인으로써 아버지의 승(勝)이었다.

　새벽 4시다. 사신을 물리친 아버지는 시장하신지 밥을 도, 밥을…… 하신다. 나는 냉장고에서 죽 그릇을 내어 끓인 후 참기름을 치고 왜간장으로 간을 맞추고 깨소금을 뿌리고 입에 조금씩 넣어 드렸다. 죽을 반 공기 비웠다. 내 예측이 맞은 것 같다. 사신과 맞붙어 물리친 후 정말 아버지는 허기졌던 것이리라. 그리고 잠시 뒤 또 죽 반 공기를 드셨다.

1993년 5월 13일 목요일

　지금 새벽 3시 30분. 어제저녁에 연결했던 아미노피린 수액제의 점적 세트에 영양제를 연결했다. 아침 8시 K간병인과 교대했다.

　저녁 7시 T아파트에 도착했다. K간병인은 환자 돌봄의 베테랑이다. 다른 때와 달리 오늘 하루는 평온했다. 그러나 아침과 점심은 드시지 않았다고 한다.

저녁 8시 20분. K간병인과 교대 후였다.

— 원태야!

아버지는 웬일로 또다시 내 이름을 부르신다. 그러다가 조용해졌다. 나는 혼자 형들의 반대에도 불구하고 광주에 가서 광주의과대학 시험을 치르고 돌아온 후 합격통지서를 받았을 때였다. 말없이 아버지는 입학등록을 해 주셨다. 나와 아버지와의 인연은 운명적이었다. 의사로서 사력을 다해 아버지에게 다가서는 사신에 대항하며 죽음의 기록을 빠짐없이 남기려고 한다. 지금 새벽 4시 14분.

— 아버지 물 좀 드세요.

눈을 뜨신다. 그러나 자꾸 하품을 하신다. 산소 포화도가 떨어지는 것 같다. 산소통을 준비해야겠다. 만일 아버지가 다시 생명력을 얻게 된다면 부모님의 마지막 희망이었던 구례섬과 용출도를 처분해버린 두 형님 그리고 상주적십자병원에서 나의 목을 누르고 둘째 누나와 여동생과 함께 도망쳐버린 방 서방을 용서하실 것이다.

— 진태야, 그리고 영태야. 내가 잘못했다. 용서해라.

아버지는 두 형의 이름을 또박또박 부르셨다. 이제 아버지는 자식들에 대한 원망을 넘어 해탈의 경지에 이르신 것이다. 병든 부모를 버리고 두 섬을 처분하고 돌보지 않았던 불효막심한 이승에서의 자식들 일들을 털어버리신 것이었다.

1993년 5월 14일 금요일

지금 새벽 1시 24분. 맥박은 94/min. 열이 있다. 항생제를 주사하고 10%포도당 1,000ml에 라식스 1앰프을 섞어 점적 주사했다. 아침 6시 38분. 맥박은 82/min. 해열됐다. 베란다 유리창으로 봄비가 빗금을 친다. 창밖 산복도로를 따라 검정, 초록, 파란, 빨강 우산을 받쳐든 여학생들의 행렬이 이어진다. K간병인과 교대 후 T아파트를 나섰다. 눈앞이 침침하다. 수면부족 탓일 것이다.

저녁 7시 30분경이다. 부전동 병원 맞은편 버스정류장에서 다윤 어미와 함께 버스를 탔다. 부암교차로 공사로 인해 T아파트 도착이 40분 지연됐다. T아파트의 내 방 열쇠를 부전동 병원에 두고 왔다. 다윤 어미는 돌아갔다. 다윤 아비가 열쇠를 가져왔다. 그러나 들어오지 않고 현관에서 열쇠만 나에게 건네곤 가버린다. 손자는 내 마음하고 다르다. 언제 생전에 다시 볼지도 모르는 할아버지의 병세를 물어보고 확인하고 갔어야 할 텐데 서글픈 마음이 든다.

1993년 5월 15일 토요일

아침 6시. 아버지의 병상으로 갔다. 오른쪽 상의와 머리맡 시트가 다갈색 토물로 얼룩져있다. 위와 십이지장의 병변이 있는 것 같다. 비누질을 했지만 지워지지 않는다. 아마 염증성 궤양이 있는 것 같다. 항생제와 10%포도당 1,000ml를 주사했다.

정오 지나서 관장약, 영양제 등을 준비해 집을 나섰다. 청과조합에서 멜론, 사과를 사들고 T아파트에 갔다. 아버지는 일절 말이 없으시다. 관장 좌약 세 개를 넣었다. 10분 후 누런 대변이 시원스럽게 나온다. D병원에서 퇴원 후 처음 보는 쾌변이다.

저녁 7시 30분. 아내와 다윤 어미가 전복죽을 가져왔다. 모처럼 잘 주무신다. 통변 후 시원하신 모양이다. 아내는 시아버지가 누워계시는 모습이 안타까운 모양이다. 맥박은 81/min. 밤 열시쯤이다. 아내는 아버지에게 전복죽을 천천히 입에 넣어드린다. 눈을 감은 채 말 없이 우물거리신다.

1993년 5월 16일 일요일

새벽 2시. 맥박은 77/min. 새벽 2시 31분. 아버지는 눈을 뜬 채 알아듣지 못하는 말로 중얼거리신다. 무슨 말을 할 것 같은데 입 밖으로 말이 나오지 않는 것 같다. 퇴원 후 처음 있는 일이다. 새벽 3시 27분. 미란다 한 포를 드렸다. 10분 후 토마토주스 한 컵을 드셨다. 영양제를 연결했다. 주무신다. 새벽 3시 47분이다. 잠깐 눈을 붙였던가. 베란다 밖이 희뿌옇다. 유리 미닫이문을 열었다. 송림 오솔길에 륙색을 맨 등산객들이 보인다.

8시 15분. 아비와 다윤 어미가 왔다. K간병인의 휴무일이다. 아파트 출입문 밖에는 내 사랑하는 다윤의 모습이 보인다. 몸은

밖에 있고 얼굴만 갸우뚱 안쪽을 두리번거린다. 생각 같아서는 달려가 껴안고 싶지만 참고 지켜보았다. 어미가 안고 들어온다.

오후 6시에 T아파트에 도착했다. 아버지는 멜론에 사과즙을 드신 후 전복죽도 드셨다고 한다. 항생제와 10%포도당 주사를 점적했다.

1993년 5월 17일 월요일

아버지의 고함 소리에 눈을 떴다. 새벽 1시 37분이다. 간밤에 놓았던 수액제가 100ml 남아있다.

— 밥도.

하신다. 미란다 한 포를 드셨다. 20분 후 슈크림 절반, 멜론 즙 서너 수저를 드셨다. 소변 400ml를 비웠다. 새벽 2시 18분이다. 변기를 씻고 나니 베란다 바깥 산마루에서 새벽이 찾아든다.

1993년 5월 18일 화요일

자정이 지났다. 잠깐 눈을 붙였는데 벌써 6시 4분이다. 아침 8시 K간병인과 교대했다.

저녁 7시 T아파트에 도착했다. 간병인은 대변도 보고 죽도 드셨다고 한다.

아버지의 고함 소리에 눈을 떴다. 새벽 3시 57분. 10%포도당

1,000ml에 디고신 0.5mg를 섞어 점적 주사했다. 아버지는 간
헐적으로 호흡곤란으로 괴로워하신다. 새벽 5시 36분. 아버지
는 편히 주무시고 계신다.

1993년 5월 19일 수요일

새벽 1시다. 어제 3시 57분. 10%포도당 1,000ml에 디고신
0.5mg를 섞어 세트에 연결했던 수액제는 바닥이 났다. 그러나
어제저녁 이래 소변이 나오지 않고 있다. 맥박은 81/min. D병
원에서 발생한 요추부 욕창은 아물어 가고 있다. 방안에 냉기가
돈다. 보일러 스위치를 올렸다.

새벽 2시. 맥박은 83/min으로 규칙적이다. 새벽 3시. 오른쪽
발등이 부어있다. 소변이 안 나온다. 10%포도당 1,000ml에 라
식스 1앰플을 섞어 주사했다. 상 하지에 노출된 정맥혈관은 경
화되어 주사 부위를 찾기 어렵다. 다행이 왼발 안쪽 부위 발등에
서 찾아낸 혈관으로 수액 세트를 연결했다.

서울 돈암정에서 화순으로 내려갔던 엄마는 10년 만에 네 살
난 나를 데리고 경성으로 올라갔었다. 가회동으로 가는 종로 전
차 정류소에서 내린 나는 손에 쥐고 있었던 팽이를 전찻길에 떨
어뜨렸다. 그것을 집으려는 순간이었다. 엄마는 내 팔을 잡아당
겼다. 간발의 차로 전차가 지나갔었다.

제2부 洛東으로 가는 길

가회동 사랑채에는 아버지가 와 계셨다. 큰어머니가 나가시자 백부님은 병상 아래 다가선 아버지에게 봉투를 건넸다.

— 막내가 내 임종을 맞이하는구나. 동생도 마지막까지 이 막내가 임종하겠구려.

그리고 세월은 덧없이 흘러 56년째의 해를 맞이했다. 막내인 나는 지금 아버지 곁에서 밤을 새워 지키고 있다. 간단없는 아버지의 심장 박동 소리에도 불구하고 전신의 혈관들이 경화되어 가고 있다. 아버지의 의지력은 백 년의 장수를 갈구하고 있지만 심혈관계 기능이 아버지의 의지를 받아드리지 못하고 있다. 시시각각 다가서는 운명의 사신에 대항하려고 아버지는 고함을 지르신다. 그렇게 해서라도 사신과 맞서고 싸우고 있다. 나는 아버지를 통해서 이승의 한순간들이 얼마나 귀중한 분 초의 시간들인가를 절감하고 있다.

지금 새벽 4시 23분. 윗방에서 눈을 떴다.

아침 8시다. 아직 K간병인은 오지 않았다. 나는 혈액순환을 도우려고 아버지의 하복부에 타월 열 찜질을 20분 동안 계속했다. 그러나 소변은 나오지 않는다. K간병인이 왔다. 간밤에 50ml의 소변이 나왔을 뿐이다. 예감이 안 좋다. 운명의 시간은 한 발짝씩 다가오고 있다. 부전동 병원에 돌아왔지만 마음은 초조하다. 전화벨이 울린다.

— 아무것도 안 드리고 소변도 나오지 않았어요.

K간병인은 같은 말을 두 번 되풀이한다.

메디컷트 20개, 유치 카테터 4개, 종이 반창고, 젤리 등을 준비하여 T아파트로 갔다. 아버지의 소변량은 K간병인과 교대할 때의 량 그대로 핍요상태다. 내 가슴에 먹구름이 끼었다. 새 유치 카테터를 삽입했다. 아아 다행이다. 투명한 플라스틱 도요관으로 소변이 흘러나온다. 900ml의 소변이 나왔다. 간짜장을 주문하여 K간병인과 점심을 들었다. 10%포도당 1,000ml 수액세트에 연결했다. 평온해졌다. 부전동 병원으로 돌아갔다.

저녁 8시 5분. T아파트에 도착했다. 이제까지 드셨던 모든 음식을 거부한다. 그러나 소변량은 조금 나왔다. 영양제를 연결했다. 오늘 처음으로 아버지는 가래가 기도를 막는 기도폐색 증세를 일으킨다. 거담제인 비졸본 주사제를 근육 주사했다. 이제 정맥혈관으로 주사하는 일이 몹시 어려워졌다. 플라스틱 주사침은 정확히 정맥혈관 안으로 삽입됐다. 그러나 피는 한 방울도 안 나온다. 전신 동맥경화가 일어나고 아버지의 육신은 서서히 식어가고 있다. 하지만 아버지는 장곡리를 떠나기 전 구도원(龜島苑) 거실 벽체 사방에 붙여놓은 귀신 신(神)자를 쓰시며 사신과의 사투를 벌여왔지 않았던가. 아버지는 신선도를 실천하기 위해 사신의 부음을 끝내 거부해 오지 않았던가.

이승과 저승의 경계,
기도폐색의
순간

1993년 5월 20일 목요일

새벽 1시. 물 한 컵을 드신 아버지는 입을 다물었다. 영양제가 다 들어갔다.

나는 병상 곁에서 깜박 졸았던 것 같다.

— 억!

소리에 눈을 떴다. 아버지는 다갈색 토물을 쏟아냈다. 눈물을 흘리며 무호흡상태다. 기도폐색이 일어났다. 반사적으로 20ml 주사기에 카테터를 연결하여 카테터 끝을 입안으로 넣고 기관지 분비물을 뽑아냈다. 아버지의 안색은 눈 깜짝할 사이 청동색으로 바뀌고 눈물을 흘린다. 나는 휴지를 손가락에 말아 입안 깊숙이 가래를 훑어냈다. 위기일발이었다.

아버지가 숨통이 트이고 청동색 얼굴이 붉어졌다. 지금 새벽

2시 38분. 맥박은 92/min. 병상에 매달린 채 나는 눈을 떴다. 아침 8시다. 비졸본 4.0mg를 근육 주사했다. 맥박은 77/min. 대변도 약간 보았다. 그러나 계속되는 기도 분비물을 제거하지 않으면 기도폐색은 눈 깜짝할 사이 일어난다. 기도 분비물 제거를 위해 두 대의 기도분비흡인기 석숀을 부전동 병원에서 옮겨 왔다. 이제 병실은 응급실이 되었다.

아버지의 모든 음식물은 전폐됐다. 10%포도당 1,000ml에 라식스 1앰프을 섞어 혈관을 확보했다.

부전동 병원은 5시에 진료를 마친 후 T아파트 응급실로 근무지를 옮긴 상태다. 밤 10시까지 두 대의 흡인기를 교대로 가동하여 카테터로 기도 분비물을 제거했다. 내 허리에 통증이 온다. 요추 디스크 수술 부위에 여섯 장의 파스를 좌우로 붙였다. 새벽 5시 20분이다. 비졸본 4.0mg를 주사했다.

밤 10시 14분 아미노피린 수액제를 다시 연결했다.

1993년 5월 21일 금요일

새벽 5시 22분. 소변 1,300ml를 비웠다. 좀처럼 자리를 뜰 수 없다. 가래가 기도를 막을 때마다 입안으로 넣은 카테터의 끝 부위가 기도 아래를 향해 들어간다. 분비물은 잦아들지만 심폐 기능은 떨어지고 있다.

1993년 5월 22일 토요일

지금 새벽 2시 13분. 계속 기관지 분비물을 흡인기로 뽑아내고 있다. 이제 사신과 맞선 아버지의 고함 소리도 없다. 아버지의 하지와 팔, 그리고 목으로 강직이 서서히 일어나고 있다. 아버지 정도 나이의 다른 환자라면 이미 임종을 맞았을 것이다. 그러나 아버지의 맥박은 신체에서 일어나는 다른 암울한 반응하고는 상관없이 83/min이다. 심장 박동 또한 규칙적으로 뛰고 있다. 다만 기도를 막으려고 들끓은 가래 소리는 가슴 깊은 곳에서 들린다.

흡인기에 연결된 카테터의 끝은 점점 기도 아래쪽을 향해 들어간다. 밤새 작동했던 흡인기 한 대는 과열 탓으로 20~30초 동안 멎었다. 그리고 들끓었던 기관지 분비물 소리는 들리지 않는다. 호흡수는 35/min로 과호흡상태다. 가쁜 숨소리다. 산소 밸브를 열고 5L/min의 산소 마스크를 덮어씌웠다.

1993년 5월 23일 일요일

아버지는 초인적으로 아직 생체반응이 있다. 지금 새벽 2시 27분이다. 나는 빗발치는 탄환을 뚫고 사신이 몰려오는 죽음의 고지에서 오늘도 아버지를 사수하는데 성공했다.

새벽 5시. 아버지는 드디어 사신을 물리쳤다. 그리고 또다시 임종 전 하루의 유예를 얻었다. 지금 7시 17분. 5%과당 500ml

에 라식스 1앰플을 섞어 주사했다. 8시 13분 비졸본 4.0mg을 정맥 주사했다. 얼마 후 소변 1,200ml를 비웠다. 오랜만에 기관지 분비물 흡인 횟수도 줄어들었다. 이상하다. 태풍전야처럼 아버지의 움직임은 깊은 바닷속처럼 조용해졌다.

1993년 5월 24일 월요일

새벽 3시 42분이다. 아버지의 머리맡에는 두 대의 흡인기 모터 소리가 교대로 돌아가고 있다. 나는 카테터의 끝을 기도 깊숙이 넣어 분비물을 뽑아내곤 카테터 끝을 물로 씻어내는 동안 또다시 눈 깜짝할 사이 흡인기의 1,000ml 병은 가득 차올랐다. 결국 한 대의 흡인기 모터에 무리가 갔다. 이제 뽑아내는 기관지 분비물의 양도 적어졌다. 내 몸도 지쳐 한계에 이른 것이다. 그렇지만 아직도 아버지는 달려드는 사신에 백기를 들려고 하지 않으신다.

새벽 5시. 5%과당 500ml에 아미노피린 1앰플을 섞어 주사했다.

아침 7시였다. 아내와 둘째는 기현 스님과 함께 지관을 모시러 함양으로 떠났다.

사신과의 긴 사투 끝에 아침 8시 21분을 맞이했다. 소변 300ml를 비웠다.

나는 부전동 병원을 가지 않은 채 아버지에게 매달리고 있다.

오후 1시 20분 영양제를 연결했다. 오후 2시에 5%과당 500ml
에 라식스 1앰프을 섞어 주사했다.

— 아버지, 아버지와 함께하는 이승에서 하루를 유예하는 일
은 의사에게 있어 마치 빗발치는 적탄 속의 고지를 사수하는 최
후의 병사와도 같음을 비로소 알았습니다.

오후 3시 45분. 비졸본 4.0mg을 정맥 주사했다. 나의 몸은
땀에 절여있다.

잠시 동안 부전동 병원을 다녀왔다. 저녁 8시다. K간병인은
106호 출입문 앞에서 서성대고 있다.

— 아저씨 예, 가족에게 연락했으면 싶으다.

나는 급히 아버지의 병상으로 갔다. 아버지는 편안하게 주무
시고 계신다. 하지의 근육이 굳어가고 있다. 하지의 모든 정맥혈
관에 경화가 일어나고 있다. 그러나 생체 반응은 초인적으로 지
탱하고 계신다. 지관을 모시고 낙동의 장곡리 선영에서 아내와
둘째가 돌아올 시간을 기다리고 계신다.

선영의
명당을
찾아서

아내와 둘째는 지관을 모시고 예정대로 장곡리 선영에서 아버님의 음댁을 정하고 T아파트로 돌아온 시각은 밤 11시였다.

나는 둘째와 함께 아버지 병상으로 다가갔다. 조용이 눈을 감고 계신다. 윗방으로 건너간 후 나는 아내와 둘째로부터 오늘 선영에서 있었던 일을 듣고 있는데 둘째는 다시 아버지 방으로 다녀왔다.

— 할아버지 숨소리가 이상합니다! 아버지 빨리 오세요!

두 모자가 T아파트에 도착할 때까지도 나는 아버지의 숨통을 막으려는 가래를 흡인기로 뽑아내기에 일 초의 틈새도 없었다. 한데 아버지는 아내와 손자 환이 선영에서 돌아왔다는 소리를 들었는지 괴로워하시며 숨소리를 멈추었다. 최후까지 살아 있는 청각의 오묘한 섭리여! 이제 아버지의 육신은 우리 곁을 떠나고 있다.

제2부 洛東으로 가는 길

나는 아버지의 가슴에 청진기를 댔다. 왼쪽 방실 부위에서도, 오른쪽 방실 부위에서도 심박동 소리는 들리지 않았다. 양쪽 가슴 폐의 어느 곳에서도 호흡음은 들리지 않았다. 오늘 이 시각 처음으로 아버지는 무아의 경지에서 초연한 상태다.

낙동리에서 52세의 김규선 조모님 둘째로 태어나서 첫 숨을 쉬고부터 92년 동안 세상을 향해 고동쳐왔던 심장음은 이승에서 멀어졌다. 아버지는 끝내 100세 장수를 이루지 못하시고 나와 아내, 그리고 둘째 손자가 지켜보는 가운데 임종을 맞았다.

56년 전 경성 종로구 가회동 백부의 임종에는 엄마와 아버지, 그리고 네 살배기 사내아이만 임종을 함께 했다.

— 동생도 마지막에는 막내와 함께 있겠구려.

백부님 예언대로 나는 아버지의 임종을 맞이했다.

집안을 풍비박산으로 만들어버린 남교동의 장남에게 연락했다. 신안군 압해면 신안보육원에 두 번이나 전화 연락했지만 소식이 없다. 영광 셋째 누님에게 전화했다. 우리 가문의 종가의 유일한 생존자인 넷째 사촌 형이 계시는 미국에 전화했다. 나머지 사촌 조카들에게 전화했다.

베란다 유리문을 열었다. 밤하늘의 총총한 별무리에서 별 하나가 푸른 빗금을 그리며 장막 저편으로 사라졌다.

구도(龜島)를 아는가❷

1993년 5월 24일 밤 11시 20분. 아버지는 피안을 향해 멀어졌다.

　집 잃은 고아마냥 서초동에서 엄마를 잃고 목포 남교동으로 내려가셨던 아버지는 죽교동 92번지에서 조석으로 가져왔던 음식마저 끊어진 채, 이웃 가게에서 우유로 연명하다가 야밤에 숨통을 옥죄는 흉통으로 정신없이 죽교동 집에 전화를 넣었다. 다급한 아버지의 구조의 목소리에도 불구하고 무참히 상대방은 전화를 끊어버렸다.

　구도재생원을 가로챈 약탈 공범자들의 외면으로 아버지는 집밖으로 나갔다. 2층에 세든 C씨의 도움으로 찾아갔던 병원은 성 콜롬방병원이었다. 아버지는 그 병원에서 강남성모병원으로, 양아들이 있는 문산으로, 38선의 개성 산야가 바라다보이는 문산 공원묘지에 가묘를 정하고 떠날 차비를 아버지 홀로 하여왔었다.

　— 아버지, 네 살배기 소년 막내는 엄마를 백부의 임종에서, 6·25전쟁의 환난에서 항상 함께 구도(구례섬)를 잊은 적이 없지만 엄마를 홀로 신안군 동서리 바닷가에 두고 헤어진 이래 아버지가 문산의 가묘를 버리고 깊디깊은 천륜의 끈나풀을 선영의 조부모님에게 이어주게 하신 엄마의 기도와 부처님의 가피에 감사드립니다.

—끝—

　　　　　제2부 洛東으로 가는 길

아버지와 나는 낙동리 환향 첫 새벽, 낙동강을 가로지른 낙당교로 갔다. 간밤의 소나기에 낙동강은 탁류를 쏟아내고 있다. 분명 엄마의 일기에 적힌 대로 저곳 강둑은 화살의 시위처럼 휘어진 곳이다. 아버지는 바람처럼 구름처럼 한평생을 전라도를 떠다니다가 새끼구름을 달고 와 지금 고향 하늘 아래 옛 집터를 바라다보고 계신다.

"막내야, 내 결심의 뱃머리를 돌렸다. 네 인도로 고향에서 살기로 결심했다."

"아버지, 네 살배기 소년 막내는 엄마를 백부의 임종에서, 6·25전쟁의 환난에서 항상 함께 구례섬(龜島)을 잊은 적이 없지만 엄마를 홀로 신안군 동서리 바닷가에 두고 헤어진 이래 아버지가 문산의 가묘를 버리고 깊디깊은 천륜의 *끄나풀*을 선영의 조부모님에게 이어주게 하신 엄마의 기도와 부처님의 가피에 감사드립니다."

· 一九〇〇年 慶北 尙州 洛東里 出生.

· 高麗大 十七回(前 普專) 卒業.

· 一九〇九年 父親과 同伴하여 書藝로서 日本 · 中國 等 各地에
  巡訪 書藝界에서 神童의 稱號를 받았음.

· 一九二〇年 日本 帝展 入選.

· 一九二三年 日本 書道會 審査委員.

· 一九三六年 鮮展 入選(人物畵 春郊).

· 一九七五年 五月 日本 富士TV에서 直接 現地 取材 放送.

· 一九七九年 六月 八日 午后 八時 MBC 카메라 출동. 全國 放
  送. 第一回 韓國展示美術大賞展. 招待 作家 및 審査委員. 心靈
  書藝道筆 神筆 創作.

· 木浦에서 再生孤兒院 創設 經營.

· 八十八歲翁 柔道 現役 八段.

· 個人展 國內 國外서 四〇回 그때그때 各地 放送局에서 TV 放
  映.

· 一九八〇年秋 日本 東京 書藝界 人士들로부터 神筆 道筆 創作
  書藝展 招請 展示를 受諾.

· 日本 · 西獨 · 美國 · 佛蘭西 等地에서 神筆 道筆 創作 書藝院을
  設置하고 巡廻 指導함.

구도龜島를 아는가 ❷

1쇄 발행일 | 2022년 04월 15일

지은이 | 정현
펴낸이 | 정화숙
펴낸곳 | 개미

출판등록 | 제313 – 2001 – 61호 1992. 2. 18
주소 | (04175) 서울시 마포구 마포대로 12, B-103호(마포동, 한신빌딩)
전화 | (02)704 – 2546
팩스 | (02)714 – 2365
E-mail | lily12140@hanmail.net

ⓒ정현, 2022
ISBN 979 – 11 – 90168 – 44 – 1 03810

값 16,000원